AF237008

John Burger

Last Loser

John Burger

Last Loser

Kriminalroman

Bibliografische Information der Deutschen Nationalbibliothek:
Die Deutsche Nationalbibliothek verzeichnet diese Publikation in der Deutschen Nationalbibliografie; detaillierte bibliografische Daten sind im Internet über http://dnb.dnb.de abrufbar.

© 2020 Burger, John

Lektorat: Hans J. Rohrer
Korrektorat: Dorothée Herter

Herstellung und Verlag: BoD – Books on Demand, Norderstedt

ISBN: 978-3752612523

1 Elisabeth Kimberley

Elisabeth Kimberley stand kurz vor dem 70. Geburtstag. Sie war die Enkelin des letzten Earl Burton. Ihr Grossvater hatte ihrer Mutter als Alleinerbin das Hillsborough House hinterlassen, zusammen mit einer grossen Farm und den dazu gehörigen Gebäuden. Im County Kildare gelegen, befand sich das Anwesen inmitten der irischen Vollblutzucht. Mit Pferdezucht hatte ihre Mutter zwar nichts zu tun gehabt. Aber selbstverständlich zählten zu den Gästen, welche in ihrem elterlichen Haus ein- und ausgingen, immer wieder auch Pferdeleute.

Schon ihre Mutter hatte einen Teil der Farm veräussern müssen, um mit dem Erlös das Manor House mit seinen 20 Zimmern und den Rest der Anlagen in einem guten Zustand halten zu können. Die Gebäude stammten aus der ersten Hälfte des 19. Jahrhunderts und waren unterhaltsaufwändig. Das Anwesen erforderte viel Arbeit und entsprechendes Personal. Die Wärme für das Hauptgebäude wurde in einem Nebengebäude mit einer grossen Holzheizung erzeugt. Das Holz stammte aus den eigenen Waldungen, welche das Manor House mit dem Park, die Stallungen und diverse Nebengebäude umgaben.

Elisabeth blieb das einzige Kind ihrer Eltern. Ihr Vater war wenige Jahre nach ihrer Geburt verunfallt und nicht in der Lage gewesen, für die finanziellen Verpflichtungen zu sorgen. Umso grösser waren die Hoffnungen, das ehrwürdige und geschichtsträchtige Anwesen in der Familie halten zu können, als Elisabeth an einem Fest im Park des Kilkenny Castle den Engländer Jack Kimberley kennengelernt hatte und sich eine nachhaltige Liaison abzeichnete. Kimberley entstammte einer adligen Familie aus dem nördlichen Sussex, war gutaussehend und charmant. Er bildete sich zuerst in einem College in Kilkenny, später an der Universität Dublin zum Betriebsökonom aus.

Kaum hatte Jack seine Ausbildung abgeschlossen, heirateten sie. Westlich von Dublin fand Jack eine Stelle bei einer Treuhandgesellschaft, während Elisabeth in Kildare als kaufmännische Angestellte in der Stadtverwaltung arbeitete. Aber kurze Zeit nach der Geburt ihrer Zwillinge Sara und Tim starb Elisabeths Mutter und Elisabeth Kimberley musste ihre Stelle in Kildare aufgeben, um die Kinder und den invaliden Vater betreuen zu können.

Jacks Karriere als Treuhänder kam nicht vom Fleck. Die Beförderung über die Funktion als Sachbearbeiter hinaus liess auf sich warten. Jack führte dies auf ein angespanntes Verhältnis zum direkten Vorgesetzten zurück und wechselte die Stelle. Am neuen Arbeitsplatz fühlte er sich unterfordert und nicht geschätzt. Eine Odyssee durch angesehene Treuhandgesellschaften in Dublin begann, ohne dass Jack der Aufstieg in Chefetagen gelang. Ernüchtert und enttäuscht entschloss er sich, auf eigene Rechnung mit Pferdesportartikeln zu handeln. Als eloquenter und selbstsicher wirkender Pferdefachmann glaubte er, leicht Kunden gewinnen zu können. Er kam mit seinem Business jedoch nur harzig voran. Schliesslich heuerte er als Vertreter bei einer Sattlerei im benachbarten Kilcullen an, die weit über die Landesgrenzen hinaus für ausgezeichnete Produkte bekannt war und ihm ein einigermassen zufriedenstellendes Auskommen ermöglichte.

Jacks Leidenschaft, nebenbei mit Pferden zu handeln, strapazierte die Ehe von Jack und Elisabeth. Animiert durch die Möglichkeit, in den Stallungen des Hillsborough House bis zu vier Pferde halten zu können, trat Jack an den Pferdeauktionen von Goresbridge regelmässig als Bieter auf. Dabei überschätzte er immer wieder sein Fachwissen als Horseman. Er konzentrierte sich nicht auf Rennpferde, Springpferde oder Dressurpferde. Immer wenn er glaubte, ein Schnäppchen aufgespürt zu haben, schlug er kurz entschlossen zu. Nach einigen Monaten verkaufte er die Pferde weiter, häufig mit Verlust, nachdem er zur Überzeugung gelangt war, dass ihm kein grosser Wurf gelungen war. Für

die ohnehin angespannten finanziellen Verhältnisse der Familie war seine Sucht eine ernsthafte
Belastung. Auch Elisabeth hatte bereits einen Teil
des Anwesens verkaufen müssen. Immerhin diente
der Verkaufserlös hauptsächlich dazu, den Ausbau
des Manor Houses in ein Bed and Breakfast- Un-
ternehmen zu ermöglichen.

Elisabeth war drauf und dran, ihrem inzwischen
ebenfalls schon mehr als 70 Jahre alten Ehemann
ein Ultimatum zu stellen: Entweder gibt er den Pfer-
dehandel auf oder sie reicht die Scheidungsklage
ein.

2 Jack Kimberley kauft Rocket

Wie in ihrem B&B häufig der Fall, kamen beim
Frühstück Elisabeth und Jack Kimberley mit den
Gästen ins Gespräch. Zu diesen zählte an diesem
sonnigen Frühlingsmorgen ein deutsches Ehepaar
in den Fünfzigerjahren. Die Deutschen hatten erfahren, dass der Monat Mai witterungsmässig die
ideale Zeit für Ferien in Irland ist. Sie erzählten,
dass sie sich beim Informationsschalter am Hafen
von Rosselare die Broschüre *Hidden Ireland* ergat-

tert hatten und auf diese Weise auf ihr B&B aufmerksam wurden. Die Dame interessierte sich in erster Linie für spezielle Landschaften, der Ehemann für Pferde. Sie waren mit dem eigenen Auto angereist, weil sie ihre Schäferhündin bei sich hatten.

Elisabeth Kimberley war wie fast immer in ansteckend guter Laune. Sie war die geborene Gastgeberin, nicht nur freundlich und hilfsbereit. Als grossgewachsene Frau wirkte sie auch im Alter von 70 Jahren dank aufrechter Haltung, stets eleganter Kleidung und natürlicher Gastfreundschaft als eine Lady, der man gleichzeitig Respekt und Zuneigung entgegenbrachte. In der Überzeugung, authentisch zu bleiben, verzichtete sie darauf, die Haare zu färben. Nur die Farbe des Lippenstifts hatte sie im Laufe der Jahre geringfügig dem Wechsel von blonden zu weissen Haaren angepasst.

Jack Kimberley war gleichfalls bemüht, die Gäste zu umsorgen und zu unterhalten. Aber im Gegensatz zu Elisabeth schien seine Mimik nicht selten aufgesetzt und unecht. Weil er im Manor House in jeder Beziehung die zweite Geige spielte, wirkte sein Gehabe sogar mitunter affektiert. Das war nicht der Fall, wenn er ausserhalb des Einflussbereiches seiner Frau war. Als er erwähnte, dass er am folgenden Tag an die Vollblutauktion nach

Goresbridge östlich von Kilkenny fahren werde, begann der Deutsche seinen Gastgeber mit Fragen über die Vollblutzucht zu durchlöchern. Jack lebte sichtlich auf, als er auf sein Hobby angesprochen wurde. Als passionierter Freizeitreiter kannte er sich in verschiedenen Pferdesportarten gut aus. Mit dem Pferderennsport und der Zucht der Vollblüter hatte er sich erst vor relativ kurzer Zeit intensiver zu befassen begonnen.

Am Schluss der morgendlichen Unterhaltung einigten sich Kimberleys und die Gäste für den folgenden Tag auf verschiedene Tagesprogramme: Der Deutsche begleitete Jack Kimberley an die Auktion, während seine Frau mit Elisabeth Kimberley einen Spaziergang mit der Schäferhündin durch die westlich des Hillsborough House gelegene Landschaft vereinbarte.

Die beiden Männer brachen am folgenden Morgen früh auf. Kräftiger Wind trieb Nieselregen ins Gesicht, als sie den Landrover bestiegen. Wie immer, wenn Jack an Sales ging, nahm er zur Sicherheit den Pferdeanhänger mit. Für den Fall, dass er ein Pferd oder sogar zwei ersteigern würde. Er war stets auf Schnäppchen aus. Und vielleicht brachte ihm die Begleitung des Deutschen Glück.

Sowohl der Landrover als auch der Williams-Trailer waren schon älteren Jahrgangs. Wenigstens hatte

Kimberley sein Gefährt vor einigen Jahren frisch lackieren lassen. Entsprechend dem Familienwappen Kimberley waren Zugfahrzeug und Anhänger blau und hatten ein gelbes Dach, eine für einen Trailer ungewöhnliche Kombination. Auf beiden Seiten des Landrovers sowie auf der Rückwand des Anhängers, welche die Rampe bildete, war tellergross das Familienwappen Kimberley aufgemalt: ein roter Löwe mit blauen Krallen auf gelbem Hintergrund. Jack war stolz auf seine Herkunft. Und er legte Wert auf Etikette.

Infolge Nebelschwaden nahmen schon die ersten Kilometer etwas mehr Zeit in Anspruch als geplant.

„Stimmt es" begann der Deutsche, „dass in der Vollblutzucht die künstliche Besamung verboten ist?"

„Ja" erwiderte Kimberley. „Man spricht genauer vom Englischen Vollblut. Alle Vollblüter verfügen über einen Stammbaum, der sich auf drei arabische Hengste zurückführen lässt, welche Ende des 17. Jahrhunderts nach England eingeführt worden sind, sowie auf einige Dutzend englische Stuten. Es wird ein genaues Zuchtbuch geführt, länderübergreifend und heute natürlich auf elektronischer Basis. Die Vollblüter werden auf Schnelligkeit gezüchtet. Schon im Alter von zwei Jahren können sie die ersten Rennen laufen. Man sucht nach den Besten und züchtet mit diesen Besten weiter. Nur der Natursprung ist erlaubt. Damit wird verhindert, dass mit einem einzigen Hengst unüberblickbar viele Stuten gedeckt werden."

„Werden alle Vollblüter für den Verkauf auf Auktionen gebracht?" fragte der Deutsche.

„Die Züchter behalten einige wenige im Eigentum und lassen sie auf ihre Rechnung trainieren und Rennen bestreiten. Aber die meisten Pferde werden an Auktionen zum Kauf angeboten. In der Regel schon als Jährling. Seit einiger Zeit gibt es nun Breeze-Up-Sales. Es werden dabei Zweijährige, welche schon ein gewisses Training hinter sich haben, im Galopp vorgestellt, bevor sie in den Verkaufsring kommen. Man kann sich so ein besseres Bild von ihnen machen. Normalerweise sind für den Kaufentscheid die Abstammung, die Schönheit und Entwicklung des Pferdes und die Art seiner Bewegungen massgebend. Bei den Breeze-Up-Sales erhält der Interessent zusätzlich einen Eindruck von der Galoppaktion."

Nachdem Kimberley und sein Gast am Vormittag einige Pferde beim Breeze-Up beobachtet hatten und sich Kimberley seine Notizen im Verkaufskatalog angebracht hatte, begaben sie sich in die Verkaufshalle. In dessen Mitte befand sich ein Ring, umgeben von Zuschauerrängen, die wie in einem Zirkuszelt nach hinten ansteigend angeordnet waren. Die meisten Kaufinteressenten nahmen auf einem dieser Schalensitze Platz. Aber es war ein Kommen und Gehen, weil die Interessenten je nach Pferdenummer, die an die Reihe kam, in den Raum drängten und ihn wieder verliessen. Erfahrene Käufer blieben auch unmittelbar nach dem Eingang nahe am Ring stehen und gaben von dort aus ihre Angebote ab. Dabei genügte oft ein Kopfnicken oder eine fast unscheinbare Handbewegung, nämlich immer dann, wenn der Bietende dem Auktionator bereits als regelmässiger Käufer bekannt war und sich die Art der Kommunikation eingespielt hatte. Für Kimberley war dies nichts Neues. Auch er gehörte zu den Routiniers. Aber für den Deutschen war die Szene vor allem anfänglich sehr undurchschaubar. Zudem wechselte jeweils nach 25 bis 30 Nummern der Auktionator. Aber bezeichnend für alle Auktionatoren war, dass sie das jeweilige Pferd einleitend durch Hinweise auf die Abstammung anpriesen und dann mit dem Bieteprozess begannen und zwar in einem derart schnellen Tempo, dass es einiger Übung bedurfte, um das Geschehen zu verfolgen und sich bei Bedarf rechtzeitig in den Bieteprozess einzubringen.

Jack Kimberley lockte der zweijährige dunkelbraune Hengst, der im Breeze-Up seinem Gegner auf den letzten 100 Metern enteilt und Jack stark beeindruckt hatte. Zum Erstaunen von Jack wollte auch nach dem dritten Aufruf niemand mehr als

14'000 Euro bieten. Kurz vor dem Zuschlag durch den Auktionator hob Jack seine Hand und erhöhte dadurch das Angebot auf 15'000. Wider Erwarten verzichtete der andere Interessent, ein weiteres Gebot zu machen.

Kimberley gab dem Hengst, der im Breeze-Up wie eine Rakete gezündet hatte, den Namen *Rocket*. Er erachtete den Preis als sehr günstig. Er sollte für einmal Recht behalten.

3 Sandra Keller

Auch Sandra Keller war wie Jack Kimberley von Pferden fasziniert. Sie wuchs in der Schweiz, in Nidau bei Biel auf. Ihr Vater arbeitete als Ingenieur in der Uhrenindustrie, ihre Mutter war Sprachlehrerin. Sandra verbrachte während den ersten Jahren der Schulzeit fast alle freien Stunden in einem Turnierstall am nördlichen Rand des bernischen Seelands. Sie pflegte Pferde und durfte immer wieder reiten. Zuerst nur in der Halle, später auch im Gelände. Mehrmals jährlich durfte sie den Besitzer des Reitbetriebs als Pferdepflegerin an Ausbildungskurse begleiten, welche er für fortgeschrittene Reiter im nahegelegenen Pferdesportzentrum in Avenches durchführte. Dort wurden auch Rennpferde trainiert. An einem dieser Wochenenden entstand der Kontakt von Sandra zu einer in Deutschland aufgewachsenen Rennpferdetrainerin.

Die ersten Sommerferien als Mittelschülerin verbrachte Sandra nicht mehr im Turnierstall, sondern im Stall der Deutschen in Avenches. Sandra erlebte, dass im Rennstall noch pedantischer auf Sauberkeit, Wohlbefinden der Pferde und Struktur des Trainings geachtet wird als im Springstall. Jeden Tag wurde bei jedem Pferd mindestens einmal die Temperatur gemessen. Es fiel ihr auch auf, dass häufiger Tierärzte im Stall waren als anderswo und mit allen möglichen schulmedizinischen, aber auch natürlichen Mitteln die Pferde behandelt wurden.

Sandra absolvierte eine Lehre als Drogistin. Sie war eine aufgestellte Lehrtochter, wobei der Pferdesport, vor allem der Pferderennsport zu ihrer guten Laune beitrug. Das Training mit Vollblütern auf der wunderschönen und für den Pferdesport vielseitigen Anlage von Avenches begeisterte sie jedes Mal. Die schnellen Galopps in den frühen Morgenstunden auf der Sandbahn liessen immer wieder einen mitreissenden Geschwindigkeitsrausch entstehen. Es war faszinierend, besonders für einen jungen Menschen, das Kraftpaket eines durchtrainierten Vollblüters unter sich zu haben und dieses steuern zu können. Freilich war es manchmal schwierig, den Übereifer eines Pferdes zu kontrollieren. Vielleicht waren es auch insbesondere diese Herausforderungen, welche Sandra nicht mehr los liessen.

Gerne hätte sich Sandra auch als Rennreiterin versucht. Die Trainerin beschied ihr, dass sie dazu Talent hätte. Aber Sandra war grossgewachsen und für eine Frau schon als Zwanzigjährige trotz sportlicher Figur schwer, zu schwer jedenfalls, um längerfristig die Voraussetzungen für eine erfolgreiche Rennreiterkarriere zu erfüllen. Dafür wäre sie in anderer Hinsicht als Jockey prädestiniert gewesen: Sie war mutig, frech und hatte eine schnelle Auffassungsgabe. Das Gleichgewichtsgefühl war ausgeprägt, und für die Pferde hatte sie viel Einfühlsamkeit. Als clevere Person hätte sie sich im Rennen taktisch sicher geschickt verhalten. Burschikos wie sie war, nahm sie es als Reiterin mit jedem männlichen Kollegen auf.

Sandra legte ihre Abschlussprüfung als Drogistin mit Erfolg etwa zum gleichen Zeitpunkt ab, wie im fernen Goresbridge der Ire Kimberley den Hengst Rocket ersteigerte. Sandra Keller wusste nichts davon. Sie sollte erst mehr als zwei Jahre später davon erfahren.

4 Die Erfolge von Rocket

Die nach der Steigerung erforderlichen Formalitäten waren schnell erledigt. Jack Kimberley hatte Routine. Er stellte seinen Anhänger bereit, um das Pferd zu verladen. Der Verlad ging nicht so einfach vonstatten, wie es sich Kimberley vorgestellt hatte. Der Hengst drehte vor der Rampe des Trailers immer wieder auf die Seite. Schliesslich gelang es, ihn mit zwei Longen[1] am Ausweichen zu hindern und in den Anhänger hineinzuschieben. Auf der Fahrt verhielt sich *Rocket* dann so gesittet, dass Jack die Reise auch ohne die Hilfe des deutschen Gasts hätte machen können. Immerhin, es ist immer angenehmer, bei einem Pferdetransport im Notfall auf die Hilfe einer Begleitperson zählen zu können.

Kimberley überlegte sich auf der Fahrt, wem er den Zweijährigen ins Training geben könnte. Er hatte Bob Melon in guter Erinnerung, denn Melon war der Reiter gewesen, als Kimberley an einem Pferd beteiligt war, das im Grand National als krasser Aussenseiter unerwartet Zweiter geworden war. Melon

---

[1]

Eine Longe ist eine lange Leine, die in der Regel dazu benutzt wird, das Pferd zu longieren.

hatte sich nach einem Unfall vor einigen Jahren als Trainer etabliert und lebte in Naas, das vom Hillsborough House innert nützlicher Zeit erreichbar war. Als Trainer hatte Melon bisher noch nicht viele Erfolge zu verzeichnen. Was für Kimberley jedoch wichtiger war: Die Trainingskosten waren bei diesem jungen Trainer mit Sicherheit tiefer als bei einem Toptrainer auf der Derbyrennbahn im Curragh. Wenigstens, so seine Hoffnung, konnte er mit der Auswahl eines Trainers, der günstige Bedingungen offerierte, seine Ehefrau milde stimmen.

Es war bereits dunkel, als Jack Kimberley mit seinem deutschen Gast als Beifahrer den Landrover durch das Tor zum Hillsborough House und zu den Stallungen lenkte. Sein Pferdepfleger Gery war immer noch im Stall und damit beschäftigt, das Abendfutter für die drei Pferde bereit zu stellen. Gery war begeistert, ein viertes Pferd anvertraut zu erhalten. Und Jack Kimberley war froh, die Verantwortung für die erfolgsversprechende Neuerwerbung dem zuverlässigen Pfleger übergeben zu können.

Schon früh am nächsten Tag erreichte Kimberley Bob Melon telefonisch. Bob Melon war stolz, auf seinen Erfolg als Reiter im Grand National angesprochen zu werden. Das Gespräch kam schnell in Fluss. Melon war nicht nur sehr erfreut, den Hengst in Pflege und ins Training zu erhalten. Er offerierte auch einen günstigen Tarif, hielt dabei aber fest, dass er Zweijährige im Gegensatz zu vielen anderen Trainern schonend aufbaue und sie auch oft erst als Dreijährige das erste Rennen laufen lasse. Kimberley war mehr für schnelle Erfolge zu haben. Er willigte schliesslich ein, weil er sich dachte, Einfluss nehmen zu können, falls Melon sich zu viel Zeit nehmen würde.

Die Umstände halfen Melon, den Hengst schonend aufzubauen. Bereits im Sommer litt *Rocket* an der bei zweijährigen Rennpferden häufigen Überbelastung der Schienbeine. Dadurch verzögerte sich der Trainingsaufbau. Als *Rocket* im Spätherbst für das erste Rennen bereit war, erfasste eine Pferdegrippe mehrere Ställe im südlichen Irland. Sie verschonte auch den Stall von Melon nicht. So kam *Rocket* erst als Dreijähriger im Mai, somit etwa ein Jahr nach dem Kauf durch Kimberley, erstmals auf die Rennbahn.

Bereits im ersten Rennen lief *Rocket* vielversprechend als Dritter ins Ziel. Bis im Herbst steigerte sich der Hengst von einem mittelmässigen Class 4-Pferd zu einem guten Class 2-Galopper. Höhepunkt war ein zwei Längen-Triumph am Derbytag auf der Rennbahn Curragh. Dieser überzeugende Sieg in den Newbridge-Stakes veranlasste die Rennbehörde, den Hengst im Rating, dem Handicap, nochmals um vier Kilos höher einzustufen.

Das Handicap ermöglicht es, gleichstarke Pferde gegeneinander laufen zu lassen, hauptsächlich im Interesse der wettenden Zuschauer. Mit dem höheren Handicap erschwerten sich die Bedingungen für den Hengst. Er musste sich mit stärkeren Gegnern messen, durfte dafür aber auch in Rennen mit höherer Gewinnsumme starten. Immerhin, es stand fest, dass Rocket ein ausgezeichnetes Rennpferd war, das auch in den für die Vollblutzucht bedeutenden grossen Rennen Erfolg haben konnte.

Jack Kimberley war zurecht stolz. Mit dem Kauf von *Rocket* hatte er seine Frau Lügen gestraft; er hatte bewiesen, dass er etwas von Rennpferden verstand. Zwar hatte der Hengst bisher mit seinen Gewinnen nur etwa die entstandenen Kosten gedeckt. Aber das Pferd hatte seinen Wert deutlich gesteigert. Und es hatte eindeutig weiteres Potenzial. Wertvoll war für Jack auch, dass die Kritik seiner Ehefrau betreffend seiner Investitionen in Pferde verstummte. Es war fast das Gegenteil der Fall. Als Jack beiläufig bemerkte, dass er sich mit dem Gedanken trage, nun Kasse zu machen und *Rocket* zu verkaufen, schien er bei Elisabeth Ablehnung zu spüren. Mit seinen Erfolgen hatte der hübsche Hengst in seiner Familie viel Sympathie gewonnen.

5 Sandra geht nach Frankreich

An ihrem 21. Geburtstag begann für Sandra Keller in der Bretagne ein neuer Lebensabschnitt. Im nördlich von Nantes gelegenen La Chapelle sur Erdre wurde sie Mitbewohnerin im Gärtnerhaus einer weitläufigen Schlossanlage.

Bei Sandra war bereits vor dem Ende ihrer Ausbildung zur Drogistin der Wunsch herangereift zu erfahren, wie weit die Naturmedizin für die Heilung von Tieren eingesetzt werden kann. Während ihrer ersten Stelle blieb sie ihrem Hobby treu. Sie ging so oft wie möglich nach Avenches, um im Renntraining mitzureiten. Als eine Berner Veterinärstudentin einige Wochen bei derselben Trainerin Reiterferien verbrachte, stellte Sandra fest, dass diese eine starke Affinität zur Naturmedizin besass. Die Studentin befasste sich intensiv mit der Wirkung von Naturheilmethoden bei Sportpferden. Ausser dem Interesse an Pferden und an der Alternativmedizin hatte sie mit der Studentin zusätzliche Gemeinsamkeiten. Beide waren sie Luxus eher abgeneigt; sie bevorzugten einfache Verhältnisse. Es entwickelte sich ein gutes Vertrauensverhältnis. Die Studentin empfahl Sandra, ihre Ausbildung in der Bretagne fortzusetzen. Sie vermittelte den Kontakt und das Zimmer im Gärtnerhaus. Die Berner Studentin hatte dort während eines Studienaufenthalts an der Universität Nantes gewohnt.

Nun also war Sandra in der Bretagne in ein Gärtnerhaus einer Schlossanlage einzogen. Das fast zweihundertjährige Haus bestand aus einem gemauerten zweistöckigen Wohnteil und einer angebauten Scheune aus Holz. Im Erdgeschoss des Wohnteils befanden sich nur Entrée, ein grosser Wohnraum und die offene Küche. Diese war offensichtlich vor etwa 20 Jahren erneuert worden. Aber immer noch stand ein alter Schüttstein aus dem 19. Jahrhundert unter dem Wasserhahn, und alle Fenster waren einfach verglast. Ein Herd, der sowohl elektrisch als auch mit Holz gefeuert werden konnte, und ein grosser Kachelofen waren der bescheidene Luxus. Sie dominierten den Raum. Im oberen Stock befanden sich zwei Schlafzimmer und ein Badezimmer. Zwei separate Toiletten, übereinander auf jedem Stock angebaut, waren insofern modernisierte Plumpsklos, als die Notdurft nun in eine abgeschlossene Grube fiel und somit ein gewisser minimaler Komfort gewährleistet war. Wohnraum und Küche vermittelten Behaglichkeit. Die Berner Studentin hatte Sandra darauf vorbereitet, dass sie einfache Verhältnisse antreffen werde, und ihr Hinweis, dass in der kalten Jahreszeit regelmässig und gezielt geheizt werden musste, machte ihr nun Sinn.

Die Vermieterin und WG-Partnerin Chantale war eine etwa 10 Jahre ältere Französin. Eine charmante Frau, quirlig und voller Ideen. Auch sie war eine Liebhaberin von Pferden. Im alten Stall des Schlosshofes standen zwei pensionierte Rennpferde. Zwei Hunde gehörten auch dazu. Der eine, ein Spaniel, war ihr ständiger Begleiter und fuhr im Auto mit, wenn sie auf Kundenbesuch war. Und das tat sie als Verkäuferin von Kosmetikartikeln in ganz Frankreich häufig, oft verbunden mit mehrtägiger Abwesenheit. Der andere, eine Schäferhündin, war der Hofhund. Die Betreuung dieser Schäferhündin übernahm nun Sandra.

Es war Herbst. Die Umgebung war aufregend und aussergewöhnlich: Das Gärtnerhaus stand etwa 100 Meter nach dem Eingang im riesigen Park, umgeben von einer hohen, teilweise bewachsenen, mitunter zerbröckelnden Mauer. Am Ende einer langen, beidseitig mit Buchen und Eichen besetzten Allee strotzte ein mächtiges, zerfallendes Schloss, von dem keines der 80 Zimmer mehr bewohnbar war. Die Französin hatte Sandra kurz nach Ankunft bei einem Spaziergang durch einen Teil des Parks auch durch das Schloss geführt. Die Holzböden knarrten bei jedem Schritt als wäre ihnen der Schlossgeist auf den Fersen. Unheimlich und so ganz anders als im wohlbehüteten Elternhaus am Bielersee. Sandra ahnte, dass eine spannende Phase ihres Lebens begonnen hatte. So wie für Andi Bucher, den Sandra zu diesem Zeitpunkt noch nicht kannte und dem es an Spannung und Abenteuer im Leben fehlte.

6 Andi Bucher

Andi Bucher wuchs in der Nähe von Zürich mit Pferden auf. Schon während der Schulzeit lernte er Rennpferde reiten. Der Pferderennsport faszinierte ihn und liess ihn nie mehr ganz los. Weil er eine Dressurreiterin kennenlernte und heiratete, teilte er mit seiner Partnerin Vera zwar die Passion Pferde. Aber es war den Eheleuten von Anbeginn an klar, dass Pferderennsport und Dressursport zwei verschiedene Paar Schuhe sind. Das war mit ein Grund, dass Andi und Vera den Pferdesport lange Zeit nur auf Sparflamme betrieben. Wenigstens so lange als ihre Kinder noch zu jung waren, um das Hobby Reiten zu teilen. Als ihr zweites Kind in die erste Klasse der Primarschule eintrat, nahmen Andi und Vera den Pferdesport wieder auf. Sie einigten sich auf Dressur- und Springsport. Für den Pferderennsport waren weder Zeit noch Geld vorhanden.

Immer wieder erinnerte sich Andi an seine faszinierende Zeit im Rennsattel. Grosse Erfolge hatte er als Amateurrennreiter nicht feiern können. Aber die prickelnde Atmosphäre auf der Rennbahn, die Schnelligkeit der Rennen, das Spektakel bei Hindernisrennen, das war mit Dressur- und Springsport nicht vergleichbar. Natürlich wusste Andi, dass sich mit Rennpferden nicht das grosse Geld verdienen lässt. Jedenfalls nicht auf seriöse Art. Und schon gar nicht in der Schweiz.

Als Versicherungsmathematiker und Mitglied des oberen Kaders von Swiss Life hatte Andi ein gesichertes Einkommen. Trotz der Kosten, welche die vierköpfige Familie und das Hobby verursachten, nahm Andi mit den Jahren wieder Kontakt mit den ehemaligen Freunden im Pferderennsport auf. Schliesslich beteiligte er sich an einer Besitzergemeinschaft, welche sich die Kosten eines Rennpferdes teilte. Er schätzte vor allem die freundschaftliche Atmosphäre der Gemeinschaft im nahe gelegenen Trainingsquartier im Thurgau, obschon er aufgrund der kleinen Beteiligung kaum etwas zu sagen hatte. Als aber Bucher pensioniert wurde, die Kinder längst ihre eigenen Wege gingen und er wieder mehr Zeit fand, sich mit dem Pferderennsport zu befassen, reifte der Wunsch, wieder ein eigenes Rennpferd zu erstehen.

Vera reagierte zurückhaltend, wenn nicht skeptisch auf seine Idee: „Du weisst aber, dass ich mit meinem Pensum als Musiklehrerin und dem Dressurreiten sehr wenig Zeit haben werde, mich mit dem Pferderennsport zu befassen. Ich finde es eigentlich schade, dass du dir nicht die Zeit nimmst, unseren Wallach etwas mehr auszureiten. Etwas mehr Ausritte im Wald würden dem Pferd guttun, wären für ihn eine Abwechslung zum Dressurreiten und würden ihn für die Dressurausbildung lockerer und ausgeglichener machen."

Bucher war froh, dass Vera nicht generell abweisend war: „Das Feld-, Wald- und Wiesenreiten war für mich eine gute Sache, solange ich die ganze Woche bei der Swiss Life in einen hektischen Arbeitsprozess eingebunden war. Es tat mir gut, an Abenden und am Wochenende auf gemütlichen Ritten auszuspannen. Nun fehlt mir etwas. Ich habe keine Herausforderungen mehr. Irgendetwas Neues muss geschehen. Es ist doch naheliegend, dass ich etwas anpacke, von dem ich Erfahrung habe."

Zwei Tage später sagte Vera beim Nachtessen: „Ich habe mir deine Absicht wegen des Rennpferdes durch den Kopf gehen lassen. Eigentlich würde ich es schätzen, wenn du mehr Anteil am Haushalt übernehmen würdest. Aber ich habe Verständnis, dass du eine neue Aufgabe brauchst. Jammere jedoch nicht, wenn deine Investition in die Hosen geht. Und denke daran, dass du mit mir und nicht mit einem Rennpferd verheiratet bist. Ich werde keine Zeit dafür haben, dich auf die Rennplätze zu begleiten. Mit einem Pelzmantel siehst du mich sicher nicht beim White Turf[2] in St. Moritz. Und einen Hut kaufe ich für Royal Ascot[3] auch nicht."

Darauf Andi: „Das Risiko, dass das Pferd eine Startberechtigung für Royal Ascot erhält, ist sehr gering. Dass du keine Pelzmäntel trägst, war mir schon klar, als ich dich kennenlernte. Ich hätte dich nicht geheiratet, wenn du High Society-Allüren gezeigt hättest."

Vera schmunzelte: „Pelzmäntel schockieren dich aber nicht wegen der Tiere, sondern weil dich das Geld reut. Und weil du kleinkariert und mit dir geizig

---

2

Mit „Turf" wird generell Pferderennsport bezeichnet. „White Turf" ist das alljährliche Rennmeeting im Februar auf dem gefrorenen, schneebedecken St. Moritzersee.

3

„Royal Ascot" ist im Juni in Ascot gesellschaftlich das Highlight des englischen Pferderennsports.

bist, habe ich auch keine Angst, dass du für dein Rennpferd zu viel Geld ausgibst."

7 Bob Melon

Die Blätter der Laubbäume im Park des Hillsborough House leuchteten in der Abendsonne rötlich und gelb, als Bob Melon mit seinem alten VW durch die Allee fuhr. Der Landlord Jack Kimberley hatte ihn zusammen mit Jockey Chris Valet in sein Anwesen zu einem Cocktail eingeladen. Kimberley hatte die Einladung damit begründet, dass er ihm und Chris für die Erfolge danken wolle, welche er als Trainer und Chris als Reiter mit *Rocket* in der zu Ende gehenden Rennsaison errungen hatten. Man wollte feiern, obschon die Formkurve des Dreijährigen im letzten Monat etwas gesunken war. Jedenfalls wurde *Rocket* in seinem ersten Zuchtrennen, einem Listenrennen, entgegen den Wettprognosen nur Vierter.

Kimberley, der seine Enttäuschung nicht verbergen konnte, galt nicht als geduldiger und verständiger Pferdemann. Bevor Kimberley den Hengst gekauft und ihn Melon ins Training gegeben hatte, hatte er zwei Rennpferde bei Jonny Cash im Training gehabt. Als diese nach nur sechs Monaten noch kein Rennen gewonnen hatten, verkaufte Kimberley sie an einen Bekannten, ohne mit dem Trainer Rücksprache genommen zu haben.

Für Melon waren die Siege von *Rocket* die bedeutendsten Erfolge seiner bald zehnjährigen Trainerkarriere. Er hatte seine Laufbahn als Hindernisjockey schon mit 31 Jahren abbrechen müssen. Bei einem Sturz erlitt er eine so schwere Schädelverletzung, dass die Ärzte unmissverständlich empfahlen, die Rennstiefel an den Nagel zu hängen. Glücklicherweise konnte er wenig später von seinem Onkel als Trainer einen kleinen Rennstall übernehmen. Der Onkel war schwer erkrankt.

Die Siegesserien, die sich Melon als einer der besten irischen Hindernisjockeys gewohnt war, stellten sich im Trainerberuf nicht ein. Mit knapp zehn zweitklassigen Pferden, die sich auf verschiedene Besitzergemeinschaften verteilten, konnte er sich nicht viele Chancen ausrechnen. Viel Geld investierten seine Rennstallbesitzer nicht. Es war daher ein Segen des Himmels, als Kimberley ihn anrief und ihm den Hengst *Rocket* anvertraute. Mit *Rocket* war Melon nun endlich etwas aus der Masse der glücklosen Trainer herausgetreten. Aber nun hatte er das unangenehme Gefühl, dass Kimberley den Crack vorzeitig verkaufen könnte.

Als Melon in den weiten Hof des schlossähnlichen Hauses bog, sah er, dass Chris Valet schon vor ihm angekommen war. Sein weisser BMW war unverkennbar. Den Kofferraumdeckel verzierten die Kennzeichen des französischen und des deutschen Galopprennsports. Der Franzose war nicht nur in Frankreich, sondern auch in Irland und England als Flachjockey erfolgreich. Er hatte auch schon mehrmals Engagements für irische und englische Pferde in Rennen in Köln und Baden-Baden erhalten.

Melon stand in der Lobby in einer Gruppe von B&B-Gästen und verfolgte mit einem Ohr deren Diskussion, die sich mit der Europapolitik der britischen Regierung befasste. Er war dabei, sich vom Cocktail-Tischchen einen Schinkengipfel zu angeln, als er im angrenzenden Dining Room die Stimmen von Valet, Elisabeth Kimberley und deren Tochter Sara wahrnahm. Die Unterhaltung drehte sich – wie könnte es anders sein – um *Rocket*. Schliesslich hörte er Valet sagen:

„Es war ein sonderbarer Zufall. Vor zwei Wochen habe ich in Deauville in einem Rennen für sieglose Dreijährige ein Pferd geritten, das *Rocket* vollkommen ähnlich ist, auch ein Hengst. Er verfügt aber bei weitem nicht über die Klasse von *Rocket*. Wir wurden Letzte. Das Pferd hatte einen eigenartigen Namen. Ich habe ihn vergessen."

8 Auteuil

Der Plan, ein eigenes Rennpferd zu kaufen, musste mit Geduld und Umsicht angegangen werden. Andi Bucher entschied sich, sich auf den französischen Pferderennsport zu konzentrieren. Er wusste, dass in Frankreich jede Woche mehrere Verkaufsrennen ausgetragen werden. Er war sich auch bewusst, dass der Kauf eines Pferdes aus einem Verkaufsrennen mit Gefahren verbunden war. Verkaufswillige nutzen die Gelegenheit, Pferde abzustossen, die nicht mehr absolut gesund sind. Oder Pferde los zu werden, welche sich im Stall oder im Training als schwierig erwiesen haben. Jedenfalls wollte Bucher zuerst einige Rennen vor Ort beobachten, um mit den speziellen Gegebenheiten dieser Verkaufsart besser vertraut zu werden.

Eine erste Reise führte Bucher an Hindernisrennen im Pariser Stadtteil Auteuil. Bucher wollte das Verhalten der Trainer und Pferdepfleger beobachten und sich informieren, wie in Verkaufsrennen der Bietevorgang ablief. Er wollte sich auf drei- und vierjährige Pferde fokussieren, weil Pferde in diesem Alter schon Rennerfahrung haben, aber in der Regel noch nicht zu viele Rennen gelaufen sind.

Die Sonne schien warm durch die farbenfrohen, mächtigen alten Bäume, als Andi von der Metro-

Station Porte d'Auteuil kommend den südlichen Eingang der Rennbahn benutzte. Ein wunderbarer Tag im Spätherbst kündigte sich an. Die ersten Blätter flatterten im leichten Wind durch die Luft. Bucher kaufte sich ein Programm und den Paris-Turf. Er tauchte ein in die Welt des Turfs, hier inmitten von Paris im Mekka des französischen Hindernissports. Es war wie vor 40 Jahren. Wunderschöne Erinnerungen an die Erlebnisse als Rennreiter wurden wach.

Und es wurde der Tag, an dem Bucher sie zum ersten Mal sah. Sie fiel ihm sofort auf, als sie vor dem zweiten Rennen einen Schimmel im Führring[4] an der Hand hatte. Sie war grösser als die anderen Pferdeführer, ohnehin vorwiegend Männer klein an Wuchs. Sie war schlank und hatte einen eleganten Gang. Hellrote Shorts brachten ihre schönen und langen Beine besonders zur Geltung. Ein beachtlicher Busen dehnte die eng anliegende weisse Bluse. Er wippte leicht im Takt der Schritte. Bucher trat näher an die Einzäunung des Führrings heran, gefangen genommen vom Anblick der attraktiven Frau.

---

[4]

Ort, an dem die Pferde vor dem Rennen den Zuschauern im Schritt vorgeführt werden.

Der Führring war gross und es dauerte eine Weile, bis der Schimmel und seine Betreuerin sich wieder näherten. Als sie jetzt nahe vor ihm vorbei spazierten, nahm Bucher das Gesicht der Frau wahr. Halblange, dunkelbraune Locken umrahmten liebliche Wangen und eine hohe, glatte Stirne. Sie sah aus wie Keira Knightley als verführerische Colette in der zweiten Hälfte des Films von Wash Westmoreland.

Der Schimmel war eine Stute. Sie sprang die Hürden makellos und erreichte das Ziel als knapp geschlagene Dritte. Zwar deutete nichts darauf hin, dass der Besitzer die Stute verkaufen würde. Sie hatte nicht an einem Verkaufsrennen teilgenommen. Aber Bucher nahm sich Zeit, das Verhalten des Pferdes nach dem Rennen zu beobachten. Vielleicht war es aber auch die Pferdeführerin, die ihn dazu verlockte, das Geschehen beim Absattelring und dann soweit einsehbar vor den Stallungen zu verfolgen. Beim Duschen des Pferdes erhielt die Frau Unterstützung durch einen eher etwas älteren Herrn. Vermutlich war es der Trainer. Sie pflegten die Stute, dann führte die Frau das Pferd, bis es trocken war. Schliesslich verschwanden der Trainer, die Führerin und das Pferd in den Stallungen.

Als Bucher vor dem fünften Rennen die Stufen der Besitzertribüne erklomm, stellte er mit Überraschung und Freude fest, dass die Pferdeführerin einige Reihen weiter oben Platz genommen hatte.

Das war auch vor dem sechsten Rennen der Fall. Mit dem Unterschied, dass Bucher sich nun neben die Dame setzte und sie ansprach:

„Ich habe Sie mit der Schimmelstute gesehen. Wissen Sie, ob die Stute zu verkaufen ist? Ich bin Schweizer und suche ein drei- bis fünfjähriges Pferd."

Die Dame stellte sich als Séverine Marlin vor und verwies Bucher an den neben ihr sitzenden Mann, den er schon beim Stall zusammen mit der Dame gesehen hatte. Dieser bekannte sich als Trainer und beantwortete Buchers Frage:

„Ich glaube nicht, dass die Stute verkauft wird. Aber man weiss nie. Ich kann den Besitzer fragen."

Bucher gab sich nicht der Illusion hin, dass das Pferd zu einem vernünftigen Preis verkauft würde, zumal er im kurzen Gespräch mit dem Trainer realisierte, dass der Trainer unter allen Umständen vermeiden würde, dass das Pferd seinen Stall verlässt. Aber es ging Bucher eigentlich auch nicht um die Schimmelstute. Gefangen genommen hatte ihn die attraktive Frau mit den braunen Locken und – wie er nun festgestellt hatte - wunderschönen braunen Augen. Bei ihr ein Pferd ins Training zu geben, hätte seinen besonderen Reiz. Jedenfalls hinterliess er ihr seine Handynummer.

Beim letzten Rennen, als er sich erneut neben die Französin setzte, glaubte er festzustellen, dass die Französin an ihrer straff sitzenden Bluse ein Knopfloch mehr offen gelassen hatte.

9 *Last Loser*

Sandra Keller erkundete den Schlosspark bei den täglichen Spaziergängen mit dem Schäferhund, bald aber auch bei Ausritten mit einem der pensionierten Rennpferde. Mit Verwunderung stellte sie fest, dass es im Park auch Rotwild, Hasen und Eichhörnchen gab. Jedenfalls waren die Exkursionen für eine Tierliebhaberin abwechslungsreich und kurzweilig.

In Nantes im Unterricht fand sie sich gut zurecht. In der Nähe von Biel war sie fast zweisprachig aufgewachsen. Es bereitete ihr keine Mühe, den Lektionen in französischer Sprache zu folgen. Für den Weg auf den Bahnhof bei La Chapelle sur Erdre hatte sie sich einen Dacia Sandero gekauft.

Als Sandra Ende der zweiten Woche vom Unterricht in Nantes zum Gärtnerhaus zurückkehrte, hatte Chantale Besuch. Im Wohnzimmer sass ein junger Franzose; sie stellte ihn Sandra vor:

„René Pignet ist ein guter Bekannter von mir. Er ist mit meinem jüngeren Bruder zur Schule gegangen und lebt mit seiner Familie in Chateaubriant."

Pignet fuhr fort, Chantale sein Leid zu klagen, dass er sich seit einem Jahr mit einer kleinen Besitzergemeinschaft an einem Rennpferd beteiligte. „Das Pferd hat die in ihn gesetzten Erwartungen nicht erfüllt. Die monatlichen Trainingskosten sind für mich zu einer Last geworden. Meine Familie erhält Zuwachs, und meine Frau erwartet von mir, dass ich meine privaten Auslagen reduziere. Ich weiss nicht, wie ich die Beteiligung los werde."

„Hast du nicht gesagt, dass du gerne an einem Rennpferd beteiligst wärest" rief Chantal in Richtung Sandra, die sich in der Küche etwas zum Trinken holte.

„Das will gut überlegt sein", antwortete Sandra während sie in den Salon zurückkam und sich zu Chantale und zum Franzosen setzte. „Das ist mir nun schon noch etwas zu früh. Ich habe hier noch nicht einmal richtig Fuss gefasst."

Sandra begann sich dennoch für das Pferd zu interessieren, als sie realisierte, dass es nur etwas mehr als 30 km entfernt in Richtung Laval im Training stand. Mit Trainern des französischen Pferderennsports wollte sie ohnehin Kontakt aufnehmen, in erster Linie um zu erfahren, ob und in welchem

Ausmass die Naturmedizin bei Pferden eingesetzt wird.

Nach einer längeren Unterhaltung versprach Sandra dem Franzosen, sich das Pferd am nächsten Wochenende anzusehen. Etwas verwundert war sie über den eigenartigen Namen des Pferdes. Der Franzose erklärte:

„Ich weiss auch nicht, weshalb das Pferd diesen komischen Namen hat, aber ich habe ermittelt, dass der Hengst von einem kleinen Gestüt in England stammt und schon die Züchter ihm den Namen *Last Loser* gegeben haben. Er kam im Frühling als Zweijähriger in Frankreich auf die Auktion. Seinen Namen hätte man damals noch ändern können. Aber auf seine Fähigkeiten als Rennpferd hätte dies wohl kaum einen Einfluss gehabt."

Als der Franzose das Gärtnerhaus und den Park verlassen hatte, holte Sandra ihren Laptop aus dem Zimmer und loggte sich in die Homepage von France Galop ein. Sie studierte die Abstammung des Pferdes und sah sich die bisherigen Rennen des Hengstes an. *Last Loser* war ausnahmslos unplatziert geblieben. Immerhin hatte das Pferd eine recht gute Abstammung. Nicht nur der Vater war auf der Rennbahn erfolgreich gewesen; auch die Mutter war ganz ansprechend gelaufen und hatte offensichtlich einige Fohlen zur Welt gebracht, die sich als Rennpferde auszeichneten. Sandra war entschlossen, das Pferd zu besichtigen und Pignet gegebenenfalls eine Offerte für die Übernahme der Beteiligung zu unterbreiten.

10 Séverine Marlin

Die kurze Begegnung mit dem Schweizer Bucher auf der Tribüne von Auteuil weckte bei Séverine Marlin Hoffnungen. Schon häufig hatte sie sich die Frage gestellt, weshalb ihr Leben in den Pferdesport und im Speziellen in den letzten zehn Jahren in den Pferderennsport gemündet hatte. Aufgewachsen in Saumur deutete in ihren ersten Lebensjahren wenig auf eine Zukunft im Pferdesport und schon gar nicht im Turf hin. Ihr Vater war zwar Offizier im Cadre Noir von Saumur gewesen. Aber ihre Mutter bemühte sich sehr, sie und ihre Schwester von der Gesellschaft des französischen Militärs fern zu halten. Sie war Lehrerin, kulturell sehr interessiert und engagiert und immer wieder auch für den Tourismus in der Loireebene im Einsatz.

Séverine erhielt Klarinette Stunden und trat in der Mittelschule an Schulkonzerten als Solistin auf, als ein junger Leutnant aus dem Cadre Noir ihre Bekanntschaft machte. Der beeindruckende junge Mann suchte ihre Nähe, himmelte sie an und verdrehte ihr richtiggehend den Kopf. Auch wenn sie nicht in seiner Nähe war, sah sie ihn in seiner schmucken schwarzen Uniform als stolzen, imponierenden Reiter fast Tag und Nacht vor sich. Sie begann sich für den Pferdesport zu interessieren und kam dabei in Kontakt mit einem Reitstall, der sich der anspruchsvollen Vielseitigkeitsreiterei, dem Concours Complet, widmete. Sie lernte Dressur- und Springreiten und gab den Musikunterricht zum Leidwesen ihrer Mutter auf. Die Romanze mit dem Leutnant hatte ihr Ende, als dieser im Rahmen seiner militärischen Weiterbildung nach Nordfrankreich versetzt wurde. Beziehungen im Pferdesport führten Séverine dann in den Südwesten von Irland zu einem Deutschen, welcher bei Bantry Vielseitigkeitspferde ausbildete.

Der Aufenthalt in Bantry wurde für Séverine zu einer harten Schule hinsichtlich Entbehrungen und Eingliederung in ein Team. Jedes zweite Wochenende verreiste der Deutsche mit fünf bis sechs Pferden und zwei Pferdepflegern an Wettkämpfe. Übernachtet wurde bei Turnieren im Pferdetransporter. Für Schlaf war auch während der Woche wenig Zeit eingeplant. Von Ausgang konnte keine Rede sein.

Eines der traditionellen Turniere fand im Park des nordirischen Tirella Castle statt. Dort lernte Séverine den niederländischen Tierarzt Sjörs Hamer kennen. Das sollte für sie eine wichtige Bekanntschaft werden.

Beim Three-Day Event[5] – Wettkampf in Punchestown kam sie in Kontakt mit dem irischen Hindernisjockey Melon. Sie bewunderte dessen Mut als Rennreiter, verliebte sich, verabschiedete sich vom Vielseitigkeitssport und trat stattdessen in die Welt des Pferderennsports ein, den sie bisher nur von Kinofilmen gekannt hatte. Pferderennen begeisterten sie; hier ging es schnell und rassig zu und her. Und hier konnte man auch mehr Geld verdienen als im Vielseitigkeitssport. Die Harmonie mit Melon dauerte allerdings nur einige Jahre. Als erfolgreicher Hindernisjockey wurde ihr Partner auch für Hindernisrennen in Frankreich verpflichtet. Als Séverine ihn auf einer dieser Reisen in ihre Heimat begleitete, feierten die englischen Gäste mit den besten französischen Hindernisjockeys ein riesiges Fest. Séverine, damals im besten Alter von 38 Jahren und von Heimweh getrieben, lernte Pierre Boutin kennen. Boutin zählte zu dieser Zeit zu den drei

---

5

Irische Bezeichnung für Vielseitigkeitsprüfung oder Military

besten französischen Hindernisjockeys. Séverine kehrte zwar mit ihrem Partner Melon nach Irland zurück. Als Melon jedoch in Ascot im Gold Cup stürzte, wochenlang im Spital lag und seine reiterliche Karriere erkennbar zu Ende ging, zog es Séverine in ihre Heimat zurück. Pierre Boutin hatte entschieden, als Jockey die Laufbahn zu beenden und sich als Trainer zu etablieren. Er suchte für seinen Stall eine Stellvertreterin. Boutin war zehn Jahre älter als Melon und mit ihm liess sich eine Zukunft aufbauen.

Boutin startete seine Karriere als Trainer bei Genèt in der Normandie. Séverine ging eine Partnerschaft ein, die keine Liebesbeziehung war, sondern vom Wunsch nach beruflichem Erfolg geleitet war. Sie selber wohnte in einer kleinen Wohnung in Avranches. Ihr neuer Wohnort war wieder näher bei ihrem Heimatort Saumur, dem Wohnort ihrer Eltern.

Das war vor sieben Jahren gewesen. Der Erfolg von Pierre als Trainer erfüllte Séverines Erwartungen nicht. Er war ein seriöser Trainer, der den Pferden Sorge trug. Dies gestand sie ihm gerne zu. Mit etwa 20 Pferden hatte Pierre eine Stallgrösse erreicht, welche schlecht und recht eine Existenz sicherstellte. Genug Geld verblieb aber auch in den erfolgreichen Jahren nicht, um sich ein eigenes Haus zu kaufen, geschweige denn ein Haus mit Stall und Umgelände.

Pierre war kein Verkäufer. Er hatte nicht das Flair, Besitzer für Investitionen in teure und entsprechend chancenreiche Pferde zu motivieren. Mit der Zeit übernahm Séverine bei der Betreuung der Kunden die Federführung, um wenigstens eine Willkommenskultur zu schaffen. Mit ihrem Charme gelang es ihr ab und zu, einen neuen Besitzer zu gewinnen. Nun hatte sie in Auteuil einen Schweizer kennengelernt. Er war auf der Suche nach einem Rennpferd. Sie schätzte ihn 10 oder auch 20 Jahre älter ein als sie. Er hatte ihr den Eindruck eines korrekten, ehrlichen Mannes gemacht, der etwas von Pferdesport verstand. Es war ihr nicht verborgen geblieben, dass er an ihr Gefallen gefunden hatte.

11 Die Angst um Rocket

Der Cocktail im Hillsborough House verminderte die Angst von Bob Melon nicht, dass Kimberley das Pferd *Rocket* verkaufen könnte. Im Gegenteil.

Der Landlord erzählte: „Beim Kauf von Pferden hatte ich nicht immer Glück. Meine Ehefrau kritisiert schon seit Jahren meine Leidenschaft, an den Sales von Goresbridge Pferde zu ersteigern. In einigen Fällen waren meine Käufe tatsächlich ein Flop.

Jetzt habe ich mit *Rocket* endlich den Beweis erbracht, dass man auch in Goresbridge gute Vollblüter kaufen kann."

Und er liess sich anmerken, dass er mit dem Gedanken spielte, *Rocket* an den gewichtigeren Sales von Tattersalls in Fairyhouse nördlich von Dublin in den Ring zu bringen.

Auf der Rückfahrt zu seinem kleinen Anwesen in Naas überlegte sich Melon, wie er den Abgang des wertvollen Pferdes verhindern könne. Einen reichen Besitzer zu finden, der Kimberley ein verlockendes Angebot macht, war nicht einfach, obschon er überzeugt war, dass *Rocket* auch in der nächsten Rennsaison erfolgreich sein würde. *Rocket* war eher ein spätreifes Pferd und würde sich noch steigern können. Dennoch, er musste einen Weg finden.

Melon fühlte auch Undankbarkeit. Er hatte sich mit Rocket viel Mühe gegeben. Der Hengst war alles andere als einfach, als er ihn vor gut einem Jahr in den Stall bekommen hatte. Dank viel Geduld wurde er zu einem pflegeleichten Vollblüter. Dass Kimberley dies nicht sah und anerkannte, war enttäuschend. Melon empfand es schon immer nicht in Ordnung, dass ein Besitzer von einem Tag auf den anderen dem Trainer ein Pferd ohne Begründung wegnehmen konnte. Er wusste zwar, dass dies immer wieder geschah. Je weniger erfolgreich und bekannt ein Trainer war, desto mehr war er den Launen der Pferdebesitzer ausgeliefert. Die Pensionskosten, die er den Besitzern in Rechnung stellen konnte, deckten die Kosten für Futter, Pflege und Training. Wenn man es kommerziell gut machte, lag ein Teil Lohn für ihn drin. Verdienen konnte ein Trainer jedoch nur, wenn er Gewinnprozente gutgeschrieben erhielt. Dazu brauchte es gute, erfolgreiche Pferde. Endlich hatte er ein solches. Und nun musste er befürchten, dieses zu verlieren.

Zuhause angelangt hatte er sich schnell in die Homepage von France Galop eingeloggt. In kurzer Zeit fand er das Pferd *Last Loser*, von dem Valet gesprochen hatte. Tatsächlich hatte Valet den Hengst in Deauville in einem kleinen Rennen geritten und war dabei Letzter geblieben. Er startete die Verfilmung des Rennens. Zumindest im Film konnte man äusserlich zwischen *Last Loser* und *Rocket* keinen Unterschied ausmachen. Offenbar waren beide dunkelbraun und hatten einen kleinen weissen Stern auf der Stirne. Das ist keine Seltenheit. Etwas spezieller war schon eher, dass beide Pferde noch Hengste, also nicht kastriert, beide dreijährig und etwa gleich gross waren. Und beide hatten hinten rechts und nur dort einen halbwegs weissen Fesselkopf. Vor Jahrzehnten hatten einmal zwei Betrüger aus der Rennsportszene zwei gleich aussehende Pferde ausgetauscht. Es waren zwei fuchsfarbene Stuten gewesen. Seitdem die Vollblüter jedoch bereits als Fohlen gechipt werden, ist dies nicht mehr möglich.

Dennoch: Sein Groll machte einem verwegenen Gedanken Platz.

12 Sandra Keller in Senonnes

Während in Irland Trainer Melon nach einer Lösung für den Erhalt seines Cracks Rocket suchte, machte sich in der Bretagne am gleichen Wochenende Sandra Keller in aller Frühe nach Senonnes auf den Weg zum Stall von *Last Loser*. Im Internet hatte Sandra bestätigt erhalten, dass Last Loser einer dreiköpfigen Besitzergemeinschaft gehörte; Pignet war mit 20 Prozent beteiligt. Das Pferd hatte als Zweijähriger kein Rennen bestritten und blieb in den sechs Rennen als Dreijähriger ohne Geldgewinn. Immerhin war er in zwei Rennen mit mehr als 15 Konkurrenten jeweils Sechster gewesen.

Senonnes ist ein kleines, verschlafenes Dorf am südwestlichen Rand des Departements Mayenne. Das unter *Senonnes* bekannte Trainingszentrum liegt vom Dorf entfernt in der nordwestlichen Ecke des Departements Maine et Loire. Es bietet ausgezeichnete Verhältnisse an, um Rennpferde zu trainieren. Sowohl Flachrennpferde als auch Hindernisrennpferde. Bei über 20 Trainern stehen insgesamt mehr als 600 Pferde.

Sandra hatte einige Mühe, den Stall Marquis zu finden, obschon dieser der grösste im Trainingsquartier war. Morgennebel erschwerte die Orientierung. Viele Ställe liegen zum Teil ausserhalb der Trainingsanlage. Der Vorteil, ausserhalb der Pisten für sich zu sein und mehr Ruhe zu haben, ist mit dem Nachteil verbunden, dass es 10 bis 15 Minuten dauert, um die Pferde auf das Trainingsgelände zu reiten. Einzelne Ställe liegen so weit weg, dass die Pferde mit Transportern gebracht werden.

Sandra wurde im Stall freundlich empfangen. Dank ihrer gewinnenden Art und der unverkennbaren Zuneigung zu Pferden fand sie schnell den Draht zum Futtermeister des offenbar bedeutenden Rennstalls. Sandra liess sich informieren, dass im Stall 80 Rennpferde stehen. Bald war ihr klar, dass *Last Loser* in diesem grossen Stall einen schlechten Stellenwert hatte. Es war wohl eher ihrem adretten Äusseren zuzuschreiben als den Rennleistungen von *Last Loser*, dass sich zwei Pflegepfleger zu ihr gesellten und sich Zeit nahmen, ihr umfassende Auskunft über das Pferd zu erteilen.

Last Loser erwies sich in der Boxe als sehr zutrauliches und gefälliges Pferd, das sich auch gerne liebkosen liess. Der Hengst schien gesund zu sein. Der Futtermeister bemerkte: „Das Pferd ist bisher auf zu kurzen Distanzen in den Einsatz gekommen. Ich habe beim Trainer und dem Wortführer der Besitzergemeinschaft für diese Einschätzung kein Gehör gefunden. Wenn man seine Abstammung analysiert, kann er durchaus lange Distanzen stehen."

Der Trainer liess sich bei ihrem Besuch nicht blicken. Sandra empfand die angenehme Aufnahme und offene Information durch das Stallpersonal als gutes Omen.

Nach Hause zurückgekehrt, widmete sie sich der Abklärung, welches Gestüt den Hengst gezüchtet hatte. Die Telefonnummer des Züchters herauszufinden, war nicht schwierig. So beschloss sie, ihn zu kontaktieren. Den Hörer nahm eine Frau ab. Gefragt, ob sie *Last Loser* gezüchtet hatte und weshalb sie ihm diesen eigenartigen Namen gegeben habe, antwortete sie freundlich:

„Er war das letzte von neun Fohlen einer wunderbaren, lieben Stute. Zu unserem Leidwesen starb die Stute bei seiner Geburt. Wir tauften das Fohlen daher *Last Loser* und zogen es mit der Flasche auf. Das ist der Grund, dass das Pferd besonders zutraulich und anhänglich wurde."

13 Kimberleys Plan

Obschon Irland im Spätherbst nicht das begehrteste Reiseziel für Kontinentaleuropäer ist und auch Amerikaner in dieser Jahreszeit seltener nach Irland reisen, um die Wurzeln ihrer Herkunft zu ergründen, war das B&B Hillsborough House gut ausgelastet. Die wunderbare Lage und Atmosphäre der von Hidden Ireland empfohlenen Gaststätte hatte sich längst herumgesprochen. Zudem war Elisabeth Kimberley als umsichtige und freundliche Gastgeberin in ihrem Element. Eigentlich hätte sie sich den Ärger und die Diskussionen um die Pferde gerne erspart.

Aber im Hause Kimberley herrschte seit dem Cocktail mit Bob Melon und Chris Valet Unstimmigkeit. Jack hatte im Gespräch mit Trainer und Jockey von *Rocket* keine Erklärung gefunden, weshalb sein Hengst im letzten Rennen enttäuschend gelaufen war. Natürlich war es ein Listenrennen gewesen, also beinahe ein Rennen der Topklasse. Aber wenn er aus der Investition Geld machen wollte, dann musste er vor Beginn der nächsten Rennsaison handeln.

Sara, seine Tochter, war anderer Ansicht. Ihr gefiel der wunderschöne braune Hengst. Er war ein imponierendes Pferd. Seine Schönheit und Eleganz waren bestechend. Wenn er auch ungestüm und anspruchsvoll unter dem Sattel war, im Stall war es ein liebes Pferd. Das alles war Sara wichtiger als die Chance, aus der Situation Geld zu machen. Ihre Mutter war geteilter Meinung. So viel Geld war mit diesen Vierbeinern verloren gegangen. Und nun ausgerechnet den guten Vollblüter verkaufen, den sie lieb gewonnen hatte, das war ihr auch zuwider. Jack erhielt in seinen Überlegungen nur Unterstützung von John, dem Verlobten von Sara. John war als Investmentbanker renditebewusst. Ihm war klar, dass man einen dreijährigen Hengst mit Potenzial, Gruppenrennen zu gewinnen, rechtzeitig verkaufen oder dann wenigstens zu einem Toptrainer stellen musste. Melon war zwar ein freundlicher Mann und als Hindernisjockey erfolgreich gewesen. Aber als Trainer hatte er noch keine grossen Stricke zerrissen. Vor allem als Trainer von Flachrennpferden galt er als zweitklassig.

Jack, unterstützt von John, entschied, *Rocket* für die February Sales von Tattersalls im englischen Newmarket anzumelden. Wenn schon, denn schon. Die Sales in Newmarket waren zu dieser Jahreszeit eindeutig Europas beste Verkaufsplattform für Vollblüter. Melon würde man in die Absicht erst einweihen, wenn der Zeitpunkt für die Anmeldung bevorstand. Dafür hatte man noch mehr als zwei Monate Zeit.

14 Mary

Bob Melon hatte mit Séverine Marlin keinen Kontakt mehr, nachdem sie ihn verlassen hatte. Auch mit Pierre Boutin, den er als Reiterkollege sehr gut gemocht hatte, war die Verbindung abgebrochen. Schliesslich hatte Pierre ihm seine Lebenspartnerin ausgespannt, wenn auch nur aus geschäftlichen Interessen, aber dies in einer für ihn schweren Zeit. Allerdings: Ohne Séverines Weggang hätte er vermutlich nicht seine Frau kennengelernt. Zumindest hätte Mary nicht mit ihm eine Beziehung aufgenommen, solange er mit Séverine liiert war. Mary war für ihn ein Glücksfall.

Bob und Mary lernten sich im Spital kennen. Mary, als kaufmännische Angestellte ausgebildet, arbeitete im Sekretariat des Spitals und betreute den Empfang. Sie pflegte in den Pausen im Bistro ihren Tee zu trinken. Als Bob wieder einigermassen mobil war und sein Krankenzimmer für Spaziergänge verlassen durfte, setzte er sich eines Tages an den Tisch von Mary. Eigentlich wäre an einem Tisch nebenan auch Platz gewesen. Aber Bob suchte Kontakt. Da sich Séverine nur noch selten blicken liess, fühlte er sich sehr alleine. Seine Mutter war verstorben und der Vater lebte nördlich von Belfast zusammen mit einer Nordirin, ohne mit seinem Sohn

Kontakt zu pflegen. Solange Bob erfolgreicher Jockey gewesen war, erhielt er vom Vater ab und zu Gratulationsnotizen. Die Erfolge von *Rocket* hatte er kaum zur Kenntnis genommen; jedenfalls blieben Reaktionen aus. Und der Unfall von Bob schien den Vater überhaupt nicht berührt zu haben.

Wie so viele Einwohner von Kildare interessierte sich auch Mary für den Pferderennsport. Es war ihr nicht verborgen geblieben, dass es sich beim Mann mit der Schädelfraktur um den Hindernisjockey Melon handelte. Sie hatte im letzten Grand National auf das Pferd gesetzt, das Melon geritten hatte und dabei einen für sie lukrativen Wettgewinn einkassiert.

Melon fragte: „Darf ich mich zu Ihnen setzen?"

Mary antwortete spontan und lächelnd: „Selbstverständlich Herr Melon. Geht es ihnen besser?"

„Woher kennen Sie mich?"

„Ich arbeite im Sekretariat und habe Sie als Jockey für ihren Mut und ihr Können bewundert. Ihr fürchterlicher Sturz ging mir nahe. Ich hoffe Sie werden bald wieder Rennen reiten können."

Melon war verdutzt und fühlte sich geschmeichelt: „Der Arzt rät mir dringend davon ab. Ein weiterer Sturz auf den Kopf hätte nach seinen Aussagen eine schwere Invalidität zur Folge. Ich werde daher früher als geplant, das Rennreiten aufgeben müssen und mit dem Trainieren von Pferden beginnen."

„Das ist sicher ein faszinierender Beruf. War Trainer immer ihr berufliches Ziel?"

„Ich wäre gerne noch länger Rennen geritten. Der Wechsel in den Trainerberuf ist ein Neuanfang und mit Risiken verbunden."

Das war die erste Unterhaltung der beiden. Sie trafen sich von da an regelmässig im Bistro. Nachdem sich Séverine nach Frankreich zurückgezogen hatte, pflegte Bob den Kontakt mit Mary auch nach dem Austritt aus dem Spital.

Weshalb sich Mary in ihn verliebte, obschon er Monate benötigte, um sich wieder zurecht zu finden, war Bob lange ein Rätsel. Mary half ihm nicht nur über die Enttäuschung hinweg, die er wegen der Aufgabe der Karriere als Rennreiter erlitt, sondern auch über die Leere, welche Séverine hinterlassen hatte.

Für Melon war es anfänglich ungewohnt, eine Partnerin zu haben, welche an seine berufliche Karriere keine hohen Erwartungen stellte. Mit Séverine hatte sich Bob stets unter Erfolgsdruck gefühlt. Anstatt Bob zu beruhigen und aufzumuntern, wenn seine Pferde erfolglos waren, gab Séverine ihren Unmut über den Misserfolg zu erkennen. Das förderte ihn nicht. Nach einiger Zeit sah Melon ein, dass er in Mary eine Frau gefunden hatte, die ihn ohne Druck arbeiten liess. Die Arbeit machte ihm nun wieder Freude; es trug bald auch Früchte, wie die Erfolge von *Rocket* bewiesen.

Melon wollte Mary mit seinem Frust wegen des Verhaltens von Kimberley nicht belasten. Sicher hätte sie versucht, ihn davon abzuhalten, Rache zu schmieden. Mary war verständig und konnte sich auch in die Lage eines Kimberley einfühlen. Obschon er es nicht verdiente. Dieses Verständnis für einen Rennstallbesitzer hätte Séverine nicht aufgebracht. Sie hätte die Gefahr, *Rocket* zu verlieren, kommen sehen und einen kreativen Ausweg gesucht. Mit Séverine konnte man Pferde stehlen.

15 Hilfe aus Frankreich

Die Zeit heilt alle Wunden. Bob Melon benötigte nach mehr als fünf Jahren wenig Überwindung, die Telefonnummer von Pierre und Séverine zu wählen.

Séverine nahm den Anruf entgegen. Sehr schnell entwickelte sich ein freundschaftliches, vertrauensvolles Gespräch. Es war fast wie damals. Schliesslich erzählte Melon:

„Endlich habe ich ein gutes Rennpferd im Training. Aber der Besitzer ist sehr unberechenbar. Er ist kein Horseman. Für ihn sind Pferde Handelsware, Werkzeuge. Er sucht mit rennsportlichem Erfolg Ansehen in seiner noblen Gesellschaft. Vor allem geht es ihm aber um Geld. Trainer und Stallpersonal sind für ihn ohnehin nebensächlich. Er denkt nicht einmal daran, dass diese zum Erfolg beigetragen haben. Ich befürchte, dass er das Pferd verkauft. Ich suche einen Investor. Vielleicht kann Pierre weiterhelfen. Am liebsten würde ich *Rocket* natürlich bei mir im Training behalten. Eine Zusammenarbeit mit Pierre ist für mich aber auch denkbar. *Rocket* ist gut genug, um auch in Frankreich in grossen Rennen zu laufen. Ich weiss einfach nicht mehr ein und aus."

Séverine war berührt, dass Bob sich ihr anvertraute. Sie spürte auch seinen Ärger und seine verständliche Sorge. Bob war immer mit Leib und Seele Reiter und Trainer gewesen. Sie versuchte, ihm etwas Hoffnung zu geben:

„Ich verstehe dich sehr gut. Leider sind viele Pferdebesitzer zu sehr am Geld interessiert. Ich spreche mit Pierre. Vielleicht haben wir eine Lösung."

Bob ergänzte: „Du kannst ja seine Rennen auf der *racingpost* ansehen. Und damit du dir eine bessere Vorstellung machen kannst, wie *Rocket* aussieht: In Frankreich gibt es ein Rennpferd mit dem eigenartigen Namen *Last Loser*. Er ist gleich alt wie *Rocket*, mit ihm verwandt und offenbar absolut ähnlich. Das habe ich per Zufall erfahren."

Séverine war schon immer für Sondersituationen und für Aussergewöhnliches zu haben gewesen und voller Ideen: „Wir überlegen uns, was sich machen lässt. Im Dezember gehe ich wie üblich zwei Wochen nach Bantry, um bei Hannes Lehr die Ferienablösung zu machen, du weisst ja. Wir könnten uns auch wieder einmal treffen, wenn ich in Irland bin."

16 Besitzerwechsel

Zurück im Gärtnerhaus hatte Sandra Keller ihre Meinung gemacht. Von ihrer früh verstorbenen Tante hatte sie ein kleines Erbe zur Verfügung, das sie für ihre Weiterbildung nutzen wollte. Die Fortbildung in Frankreich und ihr kleines Auto waren die Investition wert. Eine kleine Beteiligung an einem Rennpferd im florierenden französischen Rennsport könnte ihr Tür und Tor öffnen, um zu viel praktischem Wissen zu kommen und Erkenntnisse zu erlangen.

In einem Telefongespräch mit René Pignet konnte sie sich schnell auf den Preis für die Übernahme der Beteiligung an *Last Loser* einigen. Pignet verzichtete notgedrungen darauf, einen Teil der Trainingskosten einzufordern, welche im Laufe des vergangenen Jahres angefallen waren. Er überliess Sandra seine zwanzigprozentige Beteiligung an *Last Loser* für 2000 Euro. Sandra und René erledigten am folgenden Tag die Formalitäten.

Wenige Tage, nachdem Sandra ihre Beteiligung erworben hatte, traf sie in Angers den Hauptverantwortlichen der kleinen Besitzergemeinschaft Last Loser, Pascal Fleurie. Das Gespräch verlief nur halbwegs harmonisch. Sandra stellte schnell fest, dass sie mit dem rationalen und autoritären Fleurie das Heu nicht auf derselben Bühne hatte. Befremdend war aber vor allem seine Mitteilung, dass er und der zweite Beteiligte beschlossen hätten, *Last Loser* in einem Verkaufsrennen auf den Markt zu bringen. Man wolle das Pferd abstossen und biete ihn für 10'000 Euro an. Das Pferd sei bereits in einem Verkaufsrennen genannt, das in zehn Tagen stattfinde.

Für Sandra war sofort klar, dass sie bei einem Verkauf für 10'000 Euro zwar nur einen kleinen finanziellen Verlust erleiden würde. Schwerwiegender war, dass ihr mit dem Verkauf von *Last Loser* der Zutritt in die Welt des französischen Turfs entgehen würde. Sie hatte zu wenig Geld, um das Pferd zu 100 % übernehmen zu können. Und Zeit war zu wenig vorhanden, um andere Investoren zu finden. Ganz abgesehen davon hatte sie in Frankreich noch keine Beziehungen, welche die Suche nach Investoren erleichtert hätten. Sie hatte am Hengst Gefallen gefunden und beschlossen, ihn regelmässig zu besuchen. Sie hatte sogar auf eine Gelegenheit gehofft, sich im Rennstall nützlich zu machen. Möglicherweise sogar im Training mitzureiten. Die kurze Freude über ihr mutiges Engagement im Pferderennsport wich Frust und Enttäuschung.

17 Gelegenheit

Séverine Marlin hatte seit dem Zusammentreffen in Auteuil oft an den Schweizer Bucher gedacht. Die Informationen von Bob Melon gaben ihr Gelegenheit, mit ihm Kontakt aufzunehmen. Dass er sich an *Rocket* beteiligen würde, war unwahrscheinlich. Bucher hatte im Gespräch von Auteuil zu verstehen gegeben, dass er kein teures Pferd kaufen würde. Séverine hatte aber bei der Konsultation der Informationen von France Galop festgestellt, dass der von Bob Melon erwähnte *Last Loser* in einem Verkaufsrennen genannt war. Mit 10'000 Euro war sein Preis moderat, sofern er gesund war. Vielleicht konnte sie Bucher dank diesem Lockvogel dafür gewinnen, wenigstens zu einem weiteren Gespräch nach Frankreich zu kommen.

Bucher zeigte sich vom Telefonanruf von Madame Marlin erfreut. Aber er hielt unmissverständlich fest:

„Der Kauf von *Rocket* oder eine Beteiligung an ihm kommt für mich aus finanziellen Gründen nicht in Frage. Mit Rennpferden kann man eigentlich nur Geld verlieren. Ein teures Pferd werde ich mir nicht leisten. Es kann sich ebenso wie ein billiges Pferd verletzen. Freude habe ich an einem Pferd, nicht am Geld. Das Pferd muss mir gefallen und vor allem gesund sein. Ich kann mir vorstellen, ein Pferd in der Klasse von diesem *Last Loser* zu kaufen. Ich werde auf der Webseite von France Galop die Angaben über das Pferd studieren und dann wieder anrufen."

„Ich verstehe sehr gut, in welchem Rahmen für Sie eine Investition in Frage kommt. Ich werde mich über *Last Loser* erkundigen und Sie in den nächsten Tagen kontaktieren. Es freut Pierre Boutin und mich, dass Sie Interesse am französischen Rennsport haben."

Als Séverine ihr Handygespräch beendet hatte, realisierte sie, dass sie schon lange nicht mehr so aufgeregt gewesen war. Sie wusste eigentlich nicht weshalb. War es der Plan, den sie im Hinterkopf hatte? Oder die freundliche Art und die berührende Stimme des Schweizers?

18 Der Ansatz zu einem Plan

Noch bevor Bucher die zusätzlichen Informationen von Madame Marlin erhalten hatte, rief er schon am folgenden Tag zurück. Eigentlich war er es gewohnt, sich eine Sache gut zu überlegen und nicht überstürzt zu handeln. Aber irgendwie hatte er sich für eine Investition im französischen Turf begeistern lassen. Er wusste eigentlich selber nicht so genau, weshalb. Oder zumindest wollte er es sich nicht eingestehen.

„Der dreijährige *Last Loser* ist eine Reise wert, falls das Pferd gesund ist. Wenn ich ein Pferd kaufe, sollte es zumindest vorläufig in Frankreich im Training bleiben. Dafür benötige ich einen Trainer, zu dem ich Vertrauen habe. Ich schlage vor, dass ich Sie und Pierre Boutin bei einem Nachtessen in Paris besser kennen lerne. Wir können dann die Möglichkeiten des Kaufs von *Last Loser* oder eines anderen Pferdes besprechen.“

„Das macht Sinn“, entgegnete Séverine Marlin. „Ich bin dabei, über Vertrauenspersonen abzuklären, weshalb *Last Loser* verkauft werden soll und ob er gesund ist. Wie Sie wissen, wohnen wir in der Normandie. Aber wir können Sie in Paris treffen, am besten über Mittag in einem Restaurant beim Gare Montparnasse“.

Bucher und seine Gesprächspartnerin einigten sich über Tag und Zeitpunkt des Treffens. Den Ort liessen sie noch offen.

Die positive Nachricht von Bucher verleitete Séverine dazu, Bob Melon eine Rückmeldung zu geben. Einleitend teilte sie ihm mit, dass sie kaum einen Investor für *Rocket* habe und ergänzte:

„Wir haben fast keine Kontakte zu potenten Investoren. Die Besitzer unserer Rennpferde gehören
dem Mittelstand an oder scheuen aus anderen
Gründen kostspielige Abenteuer."

„Das habe ich befürchtet", entgegnete Bob. „Aber
ich fühle mich sehr elend, wenn ich daran denke,
dass dieser geldgeile und undankbare Kimberley
mir das beste Pferd aus dem Stall nehmen will.
Ohne einen triftigen Grund. Ich habe das Pferd mit
Umsicht und Geduld aufgebaut."

Séverine konnte Bobs Ärger gut verstehen: „Ich
habe absolut Verständnis für deine Haltung. Solche
Besitzer sollten bestraft werden. Vielleicht kann ich
dir auf andere Weise helfen. Ich habe einen Plan,
aber für Einzelheiten ist es im Moment noch zu
früh. Ich melde mich in einigen Tagen wieder."

19 Beim Gare Montparnasse

Andi Bucher wartete im *Le Cornichon* in der Nähe
des Gare Montparnasse. Er hatte einen Tisch für
drei Personen reserviert. Er wäre nicht einmal unglücklich gewesen, wenn die sympathische Madame Marlin alleine gekommen wäre. Aber die Absicht war schon, in erster Linie den Trainer selber

kennen zu lernen und zu erfahren, von welchen Grundsätzen er sich beim Training von Rennpferden leiten liess. Andi war die Rennsportszene einigermassen bekannt. Er wusste, dass Pferde von einer Klasse, die er sich leisten konnte, in grossen Rennställen kaum beachtet werden. Er wusste auch, dass viele Trainer, auch sehr erfolgreiche, darauf aus sind, schnell Erfolge zu erzielen und die Pferde schon jung stark fordern. Andere – und diesen fühlte er sich verbunden – nahmen sich mehr Zeit, liessen die Pferde weniger Rennen laufen und achteten sorgsam darauf, sie möglichst lange gesund und einsatzfähig zu halten.

Pierre Boutin kam wie erwartet in Begleitung von Séverine Marlin. Bucher hatte den Trainer als kleinen, eher unscheinbaren Mann in Erinnerung. Neben der elegant gekleideten Frau erschien er ihm nun aber noch kleiner als in Auteuil, auch älter, aber sportlich und drahtig.

Die Unterhaltung mit dem Trainer kam schnell in Fluss, als dieser erzählte, dass er als Hindernisjockey einige Male in der Schweiz Rennen geritten habe, unter anderem den Grossen Preis der Schweiz in Aarau: „Ich kann mich sehr gut an diese Rennen erinnern. Leider habe ich nie gewonnen. Aber die Begeisterung der Zuschauer ist mir heute noch gegenwärtig. Auch die tolle Atmosphäre auf der verhältnismässig kleinen Rennbahn in Aarau.

Ich habe gespürt, dass im Schweizer Pferderennsport das Geld eine weniger wichtige Rolle spielt als hier. Wohl eher Prestige?"

„Ja", antwortete Bucher. „Es gibt an Rennpreisen nicht viel zu gewinnen. Und bei vielen Rennen spielt der Totalisator, also das Wetten, keine grosse Rolle. Von Wettskandalen war daher der Schweizer Rennsport noch nie betroffen. Auch der Gebrauch der Peitsche ist nur beschränkt erlaubt und wird von den Zuschauern nicht geschätzt. Die Zuschauer wissen nicht, dass die Peitsche nur ein Animationsmittel ist und in der Regel nur geschwungen wird. Der Einsatz von Medikamenten ist natürlich ebenso wie in Frankreich unter strenger Kontrolle. Aber es ist wie überall. Medikamente werden von einigen Trainern bis zur Grenze des Erlaubten eingesetzt. Andere verwenden möglichst nichts, was die Leistung steigern könnte, und setzen für die Heilung von Verletzungen auf homöopathische Mittel. Was ist diesbezüglich ihre Meinung?"

„Ich bin dagegen, dass die Pferde zu früh und als junge Pferde viel laufen. Ich habe keine jungen Spitzenpferde im Training, welche als Zweijährige oder als Dreijährige die grössten Rennen, also die klassischen Rennen laufen müssen. Meine Besitzer investieren nicht Unsummen in die Pferde. Ich versuche daher, die Pferde schonend aufzubauen, mit dem Ziel, dass sie auch noch vierjährig und älter gesund sind und mehrere Jahre Rennen laufen können."

Nachdem sie das Gespräch unterbrochen hatten, um Bestellungen aufzugeben, erwiderte Bucher: „Ihre Einstellung deckt sich mit meiner Haltung. Ich will und kann kein teures Pferd kaufen, habe Freude an kleinem Erfolg und möchte vor allem eine angenehme und vertrauensvolle Beziehung zum Trainer und seinem Umfeld haben. Wenn ich in Frankreich ein Pferd kaufe, weiss ich noch nicht, ob es dann längere Zeit in Frankreich bleibt oder ob ich es in der Schweiz trainieren lasse. Fürs Erste soll es sicher in Frankreich Rennen laufen."

Boutin erklärte dann, wie hoch bei ihm die Trainingskosten sind, dass seine Partnerin im Stall mithelfe, für das Administrative zuständig sei und dass sie meistens auch besser erreichbar sei als er.

„Vor allem am Vormittag kann ich nicht immer telefonieren, weil ich selber noch mitreite. Wir haben zwischen 20 und 25 Pferde im Training und nur fünf Angestellte. Da müssen Séverine und ich im Stall auch Arbeit übernehmen. Wenn wir an einem Renntag nur ein Pferd laufen haben und das Rennen in der Normandie stattfindet, fahren Séverine und ich selber mit dem Transporter. Bei weiten Strecken, also zum Beispiel für Rennen in Paris, schicke ich das Pferd in einem Sammeltransport mit.“

„Das tönt vernünftig“, antwortete Bucher. „Ihre Frau hat erwähnt, dass die Gelegenheit bestehe, im morgigen Verkaufsrennen in Deauville einen Dreijährigen zu ersteigern. Lohnt es sich, ein Angebot zu machen? Haben Sie abklären können, ob das Pferd gesund ist?“

„Zuerst muss ich klarstellen, dass Séverine Marlin nicht meine Ehefrau, sondern meine Geschäftspartnerin ist. Und zu den Abklärungen: Ja, der Reisefuttermeister des Trainingsstalles Marquis ist ein guter Bekannter von mir. Wir haben zusammen Rennen geritten und wir haben ein gutes Vertrauensverhältnis. Das Pferd mit dem eigenartigen Namen *Last Loser* sei gesund, aber der Besitzergemeinschaft nicht schnell genug. Meine Vertrauensperson meint, das Pferd habe auf längeren Distanzen Steigerungspotenzial. Und es sei den Preis wert, mit dem es im Verkaufsrennen eingesetzt ist. 10‘000 Euro ist für einen gesunden Dreijährigen nicht viel Geld. Da darf man aber auch nicht zu viel erwarten.“

Das Essen wurde aufgetragen. Bucher unterhielt sich mit dem Trainer und seiner Geschäftspartnerin über das Vorgehen beim Bieten in einem Verkaufsrennen. Boutin erklärte, dass er in seinem eigenen Namen für Bucher ein Gebot in die Urne legen müsse, weil man als Käufer bei France Galop, der Rennorganisation, ein Konto haben muss.

„Gut" sagte Bucher. „Bedingung ist, dass mir das Pferd gefällt. Ich will kein Pferd kaufen, das mir nicht sympathisch ist. Ich entscheide nach dem Rennen, ob Sie für mich ein Angebot machen sollen."

„Ja natürlich" entgegnete Boutin. „Das Pferd muss Ihnen gefallen, und Sie sollten sich bewusst sein, dass das Pferd nun eine Winterpause benötigt. *Last Loser* ist in diesem Jahr genug gelaufen. Ich nütze die Zeit von November bis Februar immer aus, um den Rennpferden eine Pause zu geben. Wenn sie gesund sind und nicht eine intensive medizinische Betreuung benötigen, gebe ich sie in dieser Zeit meistens in ein Gestüt in der Normandie oder in der Bretagne. Dort können sie bei fachmännischer Pflege den Weidegang geniessen, gehen jeden Tag etwa eine Stunde in die Führanlage[6] und reduzieren die Kosten für die Besitzer. Denn während dieser Pause reduzieren sich die Pensionskosten etwa um die Hälfte."

6

Kreisförmige Anlage, in der mehrere Pferde gleichzeitig je in einzelnen Abteilen und ohne Reiter im Schritt bewegi werden.

Der Vorschlag von Boutin, das Pferd im Falle eines Kaufes pausieren zu lassen, um es für die nächste Saison aufzubauen, war Bucher sehr sympathisch. Er verabschiedete sich vom Trainer und von seiner Geschäftspartnerin mit dem guten Gefühl, für sein neues Abenteuer die richtigen Personen kennengelernt zu haben.

20 Das Verkaufsrennen

Mit gemischten Gefühlen fuhr Sandra Keller auf die Pferderennbahn in Deauville, um dem ersten Rennen beizuwohnen, an dem ein Pferd teilnahm, an dem sie beteiligt war. Eigentlich war es schon lange ihr Traum gewesen, Besitzerin eines Rennpferdes zu sein. Dass es so aufregend sein würde und sie sich in den Tagen zuvor fast nicht mehr auf ihre Arbeit konzentrieren konnte, hatte sie nicht erwartet. Zur Vorbereitung des Pferdes auf das Rennen konnte sie nichts beitragen. Das war Sache des Trainers und seiner Angestellten. Sie erlebte erstmals, wie die Besitzer nur hilflos zuschauen können, mit dem Versuch, die eigene Nervosität einigermassen in Griff zu halten.

Dank Geduld und Hartnäckigkeit hatte Sandra einen Ausweis erhalten, der es ihr erlaubte, vor dem Rennen in den Führring zu gehen, um dem Pferd etwas näher zu sein. Und eigentlich war sie nicht an einem erfolgreichen Resultat von *Last Loser* interessiert. Sie hatte das Pferd bei den wenigen Besuchen im Stall lieb gewonnen. Ein gutes Abschneiden erhöhte das Risiko, dass ein Investor den festgelegten Kaufpreis bot. Pferde, welche schlecht laufen, werden in der Regel nicht gekauft. Das wäre ihr, im Gegensatz zu den beiden anderen Beteiligten der Besitzergemeinschaft, sehr gelegen gekommen.

Der Start des Rennens fand auf der Gegenseite der Bahn statt. *Last Loser* kam schlecht aus den Startboxen, verbesserte seinen Platz während des Rennens aber laufend und lief schliesslich als Fünfter von vierzehn Pferden ins Ziel. Das war keine schlechte Leistung, obschon die Gegner von geringer Klasse waren. Sandra hoffte, dass bei diesem Resultat kein Interessent ein Gebot abgeben würde.

Sandra erlebte bange Minuten. Sie fühlten sich wie Stunden an. Dreiviertel Stunden nach dem Rennen musste sie vernehmen, dass jemand in die entsprechende Box einen Talon eingelegt und das Pferd gekauft hatte. Ihre Enttäuschung war gross. Welche Zukunft stand dem hübschen Hengst bevor?

Sandra wollte wissen, in wessen Hände das Pferd kommt und wartete in den Stallungen der Rennbahn, bis erkennbar wurde, wer der Käufer war. Ein eher unauffälliger, mittelgrosser Mann in den Sechzigern, begleitet von einer jüngeren, attraktiven Frau, sah sich nach der Boxe von *Last Loser* um und suchte das Gespräch mit dem zuständigen Pferdepfleger. Sandra trat unauffällig in die Nähe des Paares, um deren Unterhaltung mitzuhören. Es bestand kein Zweifel. Es handelte sich um die Käufer. Der elegant gekleideten Frau hätte sie nicht zugetraut, mit Pferden, und schon gar nicht mit Vollblütern routiniert umzugehen. Verwundert stellte sie daher fest, dass die Frau ohne Hemmungen und fachmännisch auf *Last Loser* zuging, ihn am Hals tätschelte und sich an den Pferdepfleger wandte, vermutlich um mit ihm die Übergabe des Pferdes zu besprechen. Anscheinend handelte es sich doch um die neue Trainerin. Der Mann hielt sich zurück. Wenig später trat ein weiterer Mann dazu, ein kleingewachsener, offensichtlich ein Franzose. Dieser übernahm nun das Zepter.

Als sich der grössere Mann wieder mit der Frau unterhielt, glaubte Sandra zu vernehmen, dass sein Französisch nicht akzentfrei war.

21 Ein neues Abenteuer

Andi Bucher war früher zu einem Rennpferd gekommen, als er geplant hatte. Eigentlich war alles
etwas einfach und fast zu schnell abgelaufen. Ob
alles so gekommen wäre, wenn ihm nicht diese
Frau in Auteuil in die Augen gestochen wäre? Die
Begegnungen mit Séverine Marlin waren reizvoll
gewesen.

Jetzt auf der Rückreise nach Zürich fragte er sich,
wohin ihn dieses neue Abenteuer noch führen
werde. Natürlich hatte er mit seiner Frau die Investition in ein Rennpferd vorbesprochen. Seine Frau,
eine nicht nur liebenswerte, sondern auch tolerante
und kluge Ehefrau, hatte eingesehen, dass sich ihr
Mann nach der Pensionierung ein zusätzliches
Hobby zulegen musste. Naheliegend war es, seine
Passion Rennpferde wieder vermehrt zu pflegen.
Denn es war auch in ihrem Interesse, dass Andi
Beschäftigungen nachging. Nun aber musste Andi
sich eingestehen, dass ihm die Französin vorerst
nicht aus dem Sinn ging, so sehr er sich darum bemühte. Für seine Absicht, die Reize dieser Frau zu
vergessen und sich auf die Sache zu konzentrieren, war es nicht förderlich, dass Madame Marlin
offenbar nicht verheiratet war und ihren Charme
dazu nutzte, Besitzer für ihren Stall zu gewinnen.
Er realisierte, dass er auf der Hut sein musste, um

bei dieser Investition klaren Kopf zu behalten. Kaum je zuvor hatte eine fremde Frau ihn so stark in Beschlag genommen.

Nach dem Rennen hatte er bei den Stallungen kurz vor der Wegfahrt eine Schweizerin kennengelernt. Sie stellte sich als Sandra Keller vor und äusserte ihr Bedauern, dass Last Loser einen Käufer gefunden hatte. Sie habe sich nur knapp zwei Wochen vor dem Rennen am Pferd beteiligt, dieses in der kurzen Zeit mehrmals besucht und lieb gewonnen. Aber als Minderheitsbeteiligte habe sie die Teilnahme am Verkaufsrennen nicht verhindern können.

Er nahm diese Information mit Wohlwollen auf. Es war für ihn eine Beruhigung. Offensichtlich hat man *Last Loser* nicht verkauft, weil etwas faul war, sondern weil die Mehrheit der Besitzer mit den Leistungen nicht zufrieden war. Frau Keller erwähnte auch, dass das Pferd gemäss ihren Informationen auf zu kurzen Distanzen gelaufen war und sie ihm durchaus Verbesserungspotenzial zutraue. Vielleicht sei es auch kein Nachteil, wenn das Pferd jetzt zu einem neuen Trainer komme und dieser unvoreingenommen an die Sache herangehen könne. Selber habe sie zu wenig Vermögen und Einkommen, um sich alleine ein Rennpferd zu leisten.

„Ich wäre nicht abgeneigt" hatte Sandra Keller angefügt, „mich wiederum am Pferd zu beteiligen."

Bucher hatte die Bemerkung ohne Kommentar entgegengenommen. Jetzt konnte er diesem Gedanken immer mehr Positives abgewinnen. Eine Person vor Ort zu haben, welche ab und zu das Pferd besucht und überprüft, ob im Rennstall alles mit rechten Dingen zu und hergeht, wäre durchaus ein Vorteil. Er hatte den Eindruck gewonnen, dass Frau Keller über Fachwissen im Pferderennsport verfügte, obschon sie noch sehr jung war. Und er musste sich eingestehen, dass es mit Rücksicht auf die Zuneigung, die er zu Madame Marlin gefunden hatte, vorteilhaft sein konnte, eine objektive Drittperson als Mitbeteiligte zu haben.

Bucher beschloss, sich über Sandra Keller zu erkundigen. Falls nichts dagegen sprach, würde er sie kontaktieren.

22 Möglichkeiten

Séverine Marlin war erfreut, dass der Kauf von *Last Loser* möglich geworden war. Eine der Voraussetzungen war erfüllt, um ihre Idee weiterzuverfolgen, welche ihr im Telefongespräch mit ihrem ehemaligen Lebenspartner Bob Melon aufgekommen war. Sie war auch fasziniert von der neuen Bekanntschaft mit dem Schweizer Bucher. Ausländische Investoren waren etwas, das in ihrem Stall immer gefehlt hatte. Bucher könnte der Anfang sein. Endlich war wieder etwas Bewegung in ihr Leben gekommen. Und es eröffneten sich Chancen, die bisher recht erfolglose Trainerkarriere von Pierre Boutin zu beleben.

Séverine informierte Bob Melon am folgenden Tag telefonisch: „Ein Schweizer hat im Verkaufsrennen *Last Loser* gekauft und er kommt zu uns ins Training. Das Pferd sieht so aus wie *Rocket*, wenigstens wenn ich die Bilder vergleiche, die ich von ihm im Internet angesehen habe. Es ist frappant. Ich habe zwar festgestellt, dass die beiden Pferde miteinander verwandt sind. Der Vater der Mutter von *Last Loser* ist *Oasis Dream*. Und dieser Hengst ist auch der Vater von *Rocket*. Auch *Oasis Dream* sieht so aus. Dennoch, es ist aussergewöhnlich, wenn sich zwei Pferde derart gleichen."

„Ja, das ist sehr speziell", erwiderte Bob.

„Ich habe eine Idee, die uns allen nützt. Ich will sie aber nicht am Telefon erklären. Man weiss nie, wenn das Telefon abgehört wird. Ich schreibe dir einen Brief und erläutere darin meinen Plan. Pierre darf davon nichts erfahren. Erstens ist er für Abenteuer nicht zu haben und zweitens soll er unbelastet sein. Ich rate dir, mit niemandem darüber zu sprechen. Wenn du meinen Brief gelesen hast, gib mir eine Antwort, möglichst bald. Wir müssen die Winterpause nutzen und dürfen keine Zeit verlieren."

Bob erwiderte: „O.K., ich bin gespannt. Du warst ja schon immer kreativ und voller Ideen. Wann fährst du dieses Jahr nach Bantry?"

„Am 5. Dezember muss ich dort sein. Also in etwa einem Monat. Wieder für zwei Wochen. An Weihnachten bin ich wieder zurück in Frankreich. Vor der Abreise nach Irland bringe ich sieben bis acht Pferde für mindestens zwei Monate zu zwei verschiedenen, mit uns befreundeten Gestütsbesitzern auf die Weide, darunter auch *Last Loser*. Von unseren anderen Pferden bleiben drei im vollen Training und nehmen an den wenigen Rennen in der Winterzeit teil. Der Rest sind junge Pferde, die über Winter eingeschult oder eingesprungen werden. So hat Pierre wie üblich eine Entlastung, während ich in Bantry die Ferienablösung übernehme."

23 Winterpause

Bob Melon hatte mit Kimberley seit zwei Wochen keinen Kontakt mehr gehabt. Seine Bedenken, dass der Besitzer ohne Voranmeldung vorfahren und *Rocket* abtransportieren könnte, waren nicht verflogen. Er wusste nicht so recht, was es mit den Andeutungen von Séverine auf sich hatte. Vielleicht war sie auf den verwegenen Gedanken gekommen, die beiden Pferde *Rocket* und *Last Loser* auszutauschen. Ein solcher Plan war aber zum vornherein zum Scheitern verurteilt. Man hatte das Chippen der Rennpferde nicht zuletzt aus dem Grund eingeführt, um die Identität der Pferde jederzeit sicherzustellen. Vor der Einführung dieser Vorschrift, mussten die Rennbehörden immer vor jedem Rennen durch genaue Konsultationen der Pferdepässe überprüfen, ob die richtigen Pferde an den Start geführt wurden. Die Neuerung ermöglichte zusätzlich den elektronischen Check. Es war unmöglich geworden, etwas zu mogeln. Séverine musste eine andere einfallsreiche Idee haben.

Auch bei Bob Melon war es üblich, dass er in der Winterzeit einige Flachrennpferde zur Erholung auf die Koppel gab. Er konnte sich so auf die Hindernispferde und die wenigen jungen Pferde konzentrieren. Er kontaktierte daher Jack Kimberley und schlug ihm vor, *Rocket* für zwei Monate auf die Weide zu tun:

„Wie Sie wissen, machen wir das immer mit dreijährigen und älteren Pferden, sofern sie gesund und problemlos sind. Es ermöglicht dem Pferd Erholung und zugleich lassen sich dadurch die Trainingskosten reduzieren."

Kimberley war am Telefon kurz angebunden und erklärte sich einverstanden. Melon war froh, dass Kimberley keine Zeit fand, Einzelheiten in Erfahrung zu bringen. Melon wollte selber entscheiden, wem er während der Winterpause seine Pferde, insbesondere *Rocket* anvertrauen würde.

Kimberley vermied es, Melon in seinen Entschluss einzuweihen, das Pferd an den February-Sales in Newmarket auf die Auktion zu bringen.

24 Sandra bleibt dabei

Andi Bucher erkundigte sich über Sandra Keller, die er am Rennen in Deauville kennengelernt hatte. Soweit die Suchmaschinen des Internets Auskunft gaben, lag nichts Negatives über sie vor. Sie musste gewisse Erfahrung im Pferdesport haben. Jedenfalls hatte sie im Springsport an Juniorenprüfungen teilgenommen. Nichts hinderte Bucher daran, die sympathische junge Frau als Beteiligte an *Last Loser* zu akzeptieren.

Bucher wählte die ihm übergebene Telefonnummer und erreichte Sandra Keller auf Anhieb:

„Ich komme gerne auf Ihr Angebot zurück, sich an Last Loser zu beteiligen. Sie wissen, er hat 10'000 Euro gekostet. In welchem Umfang möchten Sie mitmachen?"

„Ich hatte eine 20 Prozent-Beteiligung und würde gerne dabei bleiben. Mehr kann ich mir eigentlich nicht leisten."

Bucher war mit dem Vorschlag von Sandra Keller einverstanden. Im Gegensatz zur ersten Besitzergemeinschaft von *Last Loser* waren sie nun nur zwei Beteiligte. Im Telefongespräch stellten sie ausserdem fest, dass ihre Einstellung hinsichtlich Pferdehaltung übereinstimmte. Auch Sandra Keller war nicht auf kurzfristige Erfolge aus. Das Wohl des Pferdes stand ihr im Vordergrund. Sie meinte allerdings:

„Für mich ist nachteilig, dass *Last Loser* nun in Genêts und Dragey trainiert wird. Das Trainingszentrum von Dragey liegt mindestens zwei Autostunden von mir entfernt, jedenfalls wenn ich den üblichen Verkehr berücksichtige. Die Trainingskosten sind vermutlich etwa gleich hoch wie in Senonnes. Mir ist klar, dass ich mit der Minderheitsbeteiligung faktisch nur ein Auskunftsrecht habe. Aber ich lege Wert darauf, dass Sie mich über die Dispositionen rechtzeitig informieren. Wenn ich es einrichten kann, werde ich gerne *Last Loser* ab und zu im Training besuchen und an die Rennen fahren."

Bucher fragte: „Weshalb wollen Sie sich denn überhaupt beteiligen? Welches ist Ihr Motiv?"

Sandra Keller antwortete ohne lange überlegen zu müssen: „Erstens habe ich mich in *Last Loser* verliebt und zweitens möchte ich den französischen Pferderennsport kennen lernen. Der Vorteil des Stallwechsels von *Last Loser* ist für mich, dass ich weitere französische Trainingszentren besuchen kann. Als gewöhnlicher Turffan ist es in Frankreich fast unmöglich, Zutritt in Rennställe zu erhalten."

Bucher fügte noch an: "*Last Loser* wird in den Wintermonaten in die Bretagne auf die Weide gehen.

Das ist für Sie dann vermutlich etwas näher. Sobald ich weiss, auf welches Gestüt das Pferd transportiert wird, werde ich Ihnen die Adresse mitteilen. Ich bin froh, wenn sie *Last Loser* ab und zu besuchen und Sie mir melden, wie es ihm geht und ob er gut betreut wird."

25 Sjors Hamer

Sjors Hamer war in Amsterdam aufgewachsen und an der Universität Utrecht zum Veterinär ausgebildet worden. Er betrieb Pferdesport schon als Jugendlicher und hatte von Beginn an viel Verständnis für die Anliegen der Pferdebesitzer und Ausbildner. Er realisierte aber auch schnell, dass sich als gewöhnlicher Grosstierarzt nicht viel Geld verdienen liess. Er wollte sich zum Spezialisten für Sportpferde weiterbilden. Je wertvoller die Pferde, desto eher sind die Besitzer bereit, Kosten für Behandlungen in Kauf zu nehmen.

Es dauerte nicht sehr lange, bis Hamer Vertrauensarzt der deutschen Dressurequipe wurde. Und je erfolgreicher diese war, umso mehr festigte sich der Ruf des verantwortlichen Tierarztes. Hamer war bald fast ständig unterwegs, weil er nur noch

Spitzenpferde betreute und dazu weite Reisen in Kauf nehmen musste. Seine berufliche Tätigkeit war zwar sehr abwechslungsreich und herausfordernd. Aber sie war nicht familienfreundlich. Die Beziehung mit seiner ersten Frau, die er jung geheiratet hatte und die ihm zwei Kinder geschenkt hatte, ging in die Brüche, als er 40 Jahre alt war.

Auch der finanzielle Erfolg von Hamers Tätigkeit hielt sich in Grenzen. Er konnte zwar ein höheres Honorar in Rechnung stellen. Aber die Reisekosten waren hoch. Und die Folgen der Scheidung führten immer wieder zu finanziellen Engpässen. Das war wohl der Grund, dass er sich immer mehr dazu verleiten liess, an Pferderennen zu wetten. Dank seinem Insiderwissen konnte er ab und zu einen Wettgewinn landen, der anderen nicht möglich war. Ab und zu kaufte er auch Rennpferde, wenn sich im Beruf eine besondere Gelegenheit bot. Aber auch eine noch so versierte tierärztliche Betreuung bot nicht Gewähr dafür, dass die Rennpferde tatsächlich auch erfolgreicher liefen. Das Einzige, das hin und wieder zu einem Sonderertrag führte, war die Weitergabe seiner Insiderkenntnisse an einen ihm vertrauten Buchmacher. Dieser war bereit, ihn für erfolgreiche Tipps zu entschädigen. Unter der Hand, natürlich. Immerhin trugen diese Zusatzeinnahmen dazu bei, dass Hamer seinen gewohnten Lebensstil beibehalten und seinen finanziellen Verpflichtungen nachkommen konnte.

An den Weltreiterspielen in Kentucky/USA lernte Hamer seine zweite Frau, Julia, kennen. Julia war mehr als 10 Jahre jünger als er, nicht dem Pferdesport verbunden, dafür aber eine Liebhaberin von Hunden und vor allem eine begeisterte Pianistin. Sie hatte ihre familiären Wurzeln in Irland, war aber in Kentucky aufgewachsen. Julia sehnte sich nach einem Leben im kulturell reicheren Europa. Sie bewog Sjors, seinen Wohnsitz ins Manor House ihrer Grosseltern im südirischen Cork zu verlegen. Hamer war der Wohnortswechsel nicht ungelegen. Er war als Tierarzt für Sportpferde auf dem europäischen Festland sehr erfolgreich geworden, war aber auch zunehmend mit Anfeindungen konfrontiert. Er schrieb es dem Neid von Kollegen zu, dass über ihn zahlreiche abenteuerliche Geschichten kursierten. Als er einmal bei einem Grenzübertritt vom Schweizer Zoll überprüft wurde und die Beamten die mitgeführten Medikamente erfassten, verbreiteten sich rufschädigende Gerüchte. Weshalb der Vorfall an die Öffentlichkeit gelangte, blieb ungeklärt. Die Boulevardpresse publizierte ohne seriöse Recherchen seitenlange Reportagen und verstieg sich in die Behauptung, dass es sich um Dopingmitteln gehandelt habe. Er hatte sich lange überlegt, ob er sich gegen diese haltlosen Vorwürfe zur Wehr setzen sollte. Er war davon abgekommen. Die Publizität hatte nämlich seinen Bekanntheitsgrad weiter gesteigert und die Nachfrage nach seinem Fachwissen erhöht. Das Ansehen im Umfeld seines Wohnortes in den Niederlanden hatte aber gelitten. Und als es zur Scheidung von seiner ersten Ehefrau kam, hielt ihn wenig in Amsterdam zurück.

Am neuen Wohnort in Cork kam er allerdings nicht zur Ruhe. Von Morddrohungen, denen er schon in Amsterdam ausgesetzt war, blieb er bald auch in Cork nicht verschont. Die Polizei versprach zwar, der Sache nachzugehen, beruhigte ihn dann aber nur mit dem Hinweis, diese nicht zu ernst zu nehmen. Bekannte Personen seien von Belästigungen aller Art betroffen. Hamer vermutete, dass die Morddrohungen von Pferdebesitzern stammten, weil sie mit ihren Pferden an den grossen Turnieren den von ihm betreuten Konkurrenten unterlegen waren.

Cork war für Hamer kein schlechter Standort. Der nahe gelegene Flughafen bot einige Direktverbindungen zum europäischen Festland an und über Dublin konnte er jeden Ort innert nützlicher Frist erreichen. Er war oft wochenlang unterwegs. Das Organisieren der Reisen war für ihn Routine.

26 Enttäuschte Erwartungen

Julia Hamer hatte Sjörs bewundert, weil er in Rei-
terkreisen weltgewandt und überzeugend auftrat,
als Tierarzt sehr versiert war und seine Analysen
sich immer als zutreffend erwiesen hatten. Vor allem aber, weil er offensichtlich stets die richtigen
Massnahmen traf, um verletzte Pferde zu heilen
und die Leistungsfähigkeit zu steigern. Es war wohl
die Bewunderung für diesen auch äusserlich gewinnenden Mann, dass sie sich verliebt hatte und
ihm nach Europa folgte und seine zweite Ehefrau
wurde. Mit der deutschen Kultur konnte sie sich
nicht anfreunden. Die Möglichkeit, ein Anwesen zu
übernehmen, das im Süden von Irland mit Aussicht
auf das Meer lag und ihren Grosseltern gehört
hatte, war für sie ein Glücksfall.

Julia war so ganz anders als Sjörs. Nicht rational
und gewinnorientiert, sondern der Kultur zugeneigt
und sehr stark mit der Natur verbunden. Nicht nur
im Haus waren überall, wo genügend Tageslicht
vorhanden war, wunderschöne und verschiedenar-
tige Pflanzen. Der grosse Garten im eigenen Park,
der auf einem kleinen Hügel lag, war voll von blühenden Sträuchern und Blumen. Das milde Klima
der südlichen Küste Irlands begünstigte die Leidenschaft von Julia.

Neben der Gartenarbeit widmete sich Julia der Musik und ihren beiden Hunden. Die beiden Jack Russel Terrier, die Hündin Cheppy und der Rüde Tezze, waren unzertrennlich, stöberten täglich mehrmals durch den grossen Park und jagten dabei oft kläffend allen Vögeln nach. Mindestens einmal in der Woche fuhr Julia mit ihnen an den Strand bei Youghal, damit sie sich austoben konnten. Die beiden Jack Russell trugen nicht nur dazu bei, ihr die Zeit zu vertreiben. Julia schätzte sie auch als gute Wächter; obschon das helle Bellen zuweilen lästig war.

Allein, die häufige und lange Abwesenheit von Sjörs führte zu Langeweile. Julia begann, ihr Leben mit Sjörs kritischer zu betrachten. Schon lange hatte sie gestört, dass ihr Mann in der Presse immer wieder als Tierarzt mit zweifelhaftem Ruf erwähnt wurde. Während Sjörs die Morddrohungen auf die leichte Schulter nahm, wurden für sie vor allem die Nächte bedrückend, besonders wenn sie alleine war. Kürzlich hatte sie einen Anruf entgegengenommen, aber lediglich etwas wie „ammazzo" verstanden. Was dies bedeutete, wusste sie nicht. Weil aus Sicherheitsgründen seit geraumer Zeit die Gespräche auf das Festnetz aufgezeichnet wurden, konnte Sjörs den Anruf abhören. Er meinte, es sei möglicherweise ein Mitglied der italienischen Equipe gewesen, welche an den letzten Weltreiterspielen verloren habe.

27 Sjörs und Séverine

Sjörs Hamer kam in seiner beruflichen Tätigkeit mit vielen Menschen in Kontakt. Dabei machte er immer wieder die Erfahrung, dass insbesondere bei Frauen Haustiere einen sehr hohen Stellenwert haben und die Eigentümer in der Regel für das Wohlergehen ihrer Tiere keinen Aufwand scheuen. Oft führten die Emotionen der Klienten und Klientinnen zu persönlichen Beziehungen zwischen Eigentümer und Arzt, welche weit über das Fachliche hinausgingen. Je nach Situation und Stimmung waren die Erlebnisse oft die Basis für eine langjährige Verbundenheit.

Als Hamer sich in Scheidungsverhandlungen mit seiner ersten Ehefrau befand, war er nach Saumur gerufen worden, um im Falle einer stark lahmenden Stute eine Zweitmeinung abzugeben. Es war bei dieser Gelegenheit an einem verlockenden Frühlingstag gewesen, als er Séverine Marlin kennengelernt hatte. Sie war die Tochter eines Offiziers des Cadre Noir. Die hübsche Frau war etwa zehn Jahre jünger als er. Sie verblüffte ihn damals nicht nur durch ihre äusserliche Attraktivität, sondern auch mit ihrem spontanen und selbstsicheren Auftreten. Er bedauerte es, dass er aus beruflichen Gründen keine Zeit gefunden hatte, mit Séverine

Marlin engeren Kontakt zu pflegen. Aber er begegnete ihr in den folgenden Jahren mehrmals, zuerst in Bantry, später auf Rennplätzen in Irland, als sie mit einem Iren liiert war, und schliesslich in Frankreich als Geschäftspartnerin eines französischen Trainers. Sie unterhielten dadurch in all den Jahren einen losen, aber doch regelmässigen Kontakt. Das letzte Mal hatte er sie vor etwa zwei Jahren an Pferderennen in Paris-Longchamps angetroffen. Die damalige Verabredung für ein Nachtessen kam dann nicht zustande. Umso mehr freute es ihn, dass sie ihn gestern angerufen hatte, um sich über ein Detail hinsichtlich Identifikation von Pferden zu erkundigen. Den Vorschlag, sie anlässlich seines bevorstehenden Aufenthalts an der Vollblutauktion in Deauville zu treffen, nahm er freudig an.

28 Last Loser am neuen Ort

Pierre Boutin hatte *Last Loser* unmittelbar nach dem Verkaufsrennen übernommen. Genauer gesagt war es seine Geschäftspartnerin Séverine gewesen, welche sich um das Pferd kümmerte. Der Hengst erwies sich als recht problemloses Pferd und war offensichtlich gesund. Das Rennen hatte er schnell verdaut; er zeigte keine Anzeichen der Überforderung und frass gut.

Pierre und Séverine hatten hinsichtlich Pferdehaltung und Rennpferdetraining nicht immer dieselbe Philosophie. Er liess schmerzlindernde Mittel nur zu, soweit es sich um natürliche Substanzen handelte, wie etwa Lehm. Séverine war schneller bereit, den Arzt zu rufen, um Entzündungen durch Spritzen zu behandeln. In den meisten Fällen konnten Pierre und Séverine sich zumindest auf einen Mittelweg einigen. Sie klärten aber auch ab, welche Haltung der jeweilige Besitzer des Pferdes einnahm. Entsprechend gaben sie der Schulmedizin den Vorrang oder nicht.

Hinsichtlich Weidegang im Winter waren sich Pierre und Séverine grundsätzlich einig, obschon nicht alle Trainer diese Ansicht teilten: Eine Pause war für die Pferde eine wertvolle Erholung. Pierre hatte die Besitzer seiner Pferde bisher stets davon überzeugen können, dass regelmässige Rennpausen langfristig Vorteile haben.

Bei *Last Loser* drängte sich eine längere Rennpause nicht unbedingt auf. Aber Séverine überzeugte Pierre davon und der neue Besitzer war damit einverstanden.

Wenn es darum ging, die Pferde auf die Weide zu schicken, kümmerte sich Séverine darum. Bis zu drei Pferde konnte sie in ihren kleinen Transporter verladen. Séverine wählte Winterweiden in der Normandie oder in der Bretagne aus. Stets vertraute sie die Pferde einem Betrieb an, der nicht nur genügend Landfläche für den Weidegang besass, sondern auch mit Führ- und Therapieanlagen so ausgerüstet war, dass er gesundheitsfördernde Massnahmen und ein gewisses Vortraining gewährleisten konnte. Ab und zu brachte sie die Pferde aber auch nur auf die Weide, um sie zwei Monate später wieder abzuholen. In Ausnahmefällen, etwa wenn Pferde schwerer verletzt waren und eine längere Auszeit benötigten, wurden sie für ein ganzes Jahr auf die Koppel gebracht.

Für *Last Loser* dachte sich Séverine ein besonderes Programm aus.

29 Ein kurzes Wiedersehen

Hamer freute sich auf die Begegnung mit Séverine Marlin, dieser quirligen Frau, zumal seine Frau Julia in letzter Zeit immer kritischer und distanzierter geworden war.

Sie trafen sich anlässlich der Arqana-Herbstauktion. Séverine bestand darauf, sich mit dem bekannten und von allerlei Gerüchten behafteten Tierarzt in einer leeren Boxe am Rande der Stallungen zu verabreden. „Ich will verhindern, dass die Fachleute aus dem Rennsport, von denen viele uns kennen, Gerüchte streuen. Du weisst", sagte Séverine, „dass Pierre gegenüber deinen schulmedizinischen Behandlungen sehr skeptisch eingestellt ist. Er würde sicher auf unser Treffen angesprochen. Und ich möchte nicht in einen Erklärungsnotstand geraten und Ärger bekommen. Ich benötige Informationen über die Identifikation von Rennpferden. Ich möchte dich fragen, ob du mir in einer Sache helfen kannst. Pierre soll nichts damit zu tun haben."

Wie bisher verstanden sich Sjörs und Séverine in pferdesportlicher Hinsicht sehr gut und waren sich einig. Sjörs hatte schon immer den Eindruck gehabt, dass man mit dieser schnellentschlossenen und mutigen Frau Pferde stehlen kann. Die Unterhaltung dauerte nicht sehr lange. Zum Leidwesen von Sjörs. Er hätte sich einen Seitensprung mit dieser verführerischen Reiterin vorstellen können. Mit ihrem Partner Boutin hatte er kein gutes Einvernehmen. Dieser hatte ihm offen ins Gesicht gesagt, dass er seine Tiermedizin nicht gebrauchen könne und er ihm verbiete, seinen Stall zu betreten. Damit konnte er gut leben, zumal Boutin wenig Erfolg aufzuweisen hatte. Boutin zählte für ihn zu den Trainern, welche mit gutem Zureden und Heilwasser versuchen, die Pferde schneller zu machen.

Das Zusammentreffen war für Hamer insofern ernüchternd, als Séverine ganz gezielt eine fachmännische Auskunft und seine Unterstützung als Tierarzt wollte. Es kam nicht einmal zu einem persönlichen Gespräch, weil ein Notruf ihn veranlasste, sie schnell wieder zu verlassen. Wenigstens versprach sie ihm, im Falle eines Erfolges ihrer Bemühungen ihn wieder zu kontaktieren. Und sie stellte ein Tête-à-tête in Aussicht, wenn der Deal zustande komme.

30 Bob und Séverine sind sich einig

Séverine wollte keine Zeit verlieren, Bob mitzuteilen, dass sie auf gutem Wege war, den von ihr ausgeheckten Plan umzusetzen. Das Telefongespräch zwischen Séverine und Bob dauerte dann allerdings länger als geplant. Sie unterhielten sich ausgiebig über die in vielen Ställen angewandten Arzneimittel, welche zum Teil hart an der Grenze des Erlaubten sind. Dabei kamen sie auf den bekannten Holländer Tierarzt Hamer zu sprechen, den sie beide kannten und der sich in Südirland niedergelassen hatte. Sie waren sich einig, dass Hamer einen zweifelhaften Ruf hatte.

Séverine gestand, dass sie Hamer in Irland und in Frankreich in den letzten Jahren ab und zu wiedergesehen habe: „Hamer hat mich auch schon zum Essen eingeladen. Davon habe ich Pierre nichts erzählt. Pierre will nichts mit Hamer zu tun haben. Er würde sich strikte weigern, ihm den Zutritt in den Stall zu gewähren. Pierre hat ohnehin eine tiefe Abneigung gegen Stimulanzien. Tierärzte mit den Methoden von Hamer sind für ihn ein rotes Tuch."

Séverine wusste, dass Bob hinsichtlich Beizug von Tierärzten wesentlich offener war. So war sie denn nicht erstaunt, als Bob sagte:

„Mit deinem Plan, den du mir schriftlich per Post zugestellt hast, bin ich einverstanden. Ich werde *Rocket* in den ersten Dezembertagen nach Bantry auf die Weide bringen."

31 Geduld

Andi Bucher hätte gerne gewusst, wie sich seine Erwerbung *Last Loser* beim neuen Trainer Boutin entwickelt. Aber die Winterpause zwingt die Pferdebesitzer zu Geduld. In der Regel beginnen die Trainer von Pferden, die in Flachrennen laufen, erst Ende Januar wieder mit intensivem Training. Bucher wartete auf die Gelegenheit, dem Pferd einen Besuch abzustatten.

Vielleicht noch mehr wünschte sich Bucher ein Wiedersehen mit Madame Marlin. Ab und zu telefonierte er mit ihr. Nicht zu oft, weil er weder aufdringlich sein, noch sich zugestehen wollte, dass ihn die Frau mehr interessierte, als für seine pferdesportlichen Ambitionen nötig war. Beim letzten Telefongespräch hatte sie ihm erklärt, dass sie im Dezember wie alle Jahre üblich, so ihr Hinweis, für zwei Wochen in den Südwesten von Irland verreisen werde. Seit Jahren betreue sie einem Deutschen und dessen Ehefrau den Pferdestall. Das Ehepaar verreise in dieser Jahreszeit regelmässig nach Südafrika in die Ferien und sei auf eine zuverlässige Stellvertretung angewiesen. Das gebe, so hatte sie gesagt, auch Gelegenheit, mit dem irischen Pferdesport verbunden zu bleiben.

Die grüne Insel gilt, das wusste Andi Bucher, als Herz der Vollblutzucht. Namentlich der südliche Teil hat landschaftlich viele Ähnlichkeiten mit der Normandie und der Bretagne. Die Ähnlichkeit der klimatischen Bedingungen ist eine der wichtigsten Grundlagen für den regen Austausch zwischen den beiden Zuchtländern. Der Transport von Vollblütern im Dreieck Frankreich-England-Irland ist Routine.

Mit Sandra Keller blieb Bucher in regelmässigem Kontakt. Sie hatte *Last Loser* Mitte November auf der Weide in der Bretagne besucht:

„Es handelt sich um ein kleines Gestüt etwas nördlich von Dinan. Ein älteres Ehepaar betreut fünf Mutterstuten und etwa zehn Vollblüter, von denen die meisten nur in der Rennpause im Spätherbst für zwei bis drei Monate auf die Weide kommen. *Last Loser* ist auf einer Einzelkoppel und nur am Tag im Freien. Vor Einbruch der Dunkelheit werden die Pferde in die Stallungen genommen. Alle stehen dann in einzelnen Boxen, auch diejenigen, welche tagsüber zusammen auf einer Koppel sind. Unserm

Hengst geht es gut. Er liebt das Gras, wobei es wegen des heissen Sommers nicht zu viel zu fressen gibt. In der Boxe erhalten die Pferde zusätzlich Heu und etwas Kraftfutter. Ich bin der Meinung, dass dies eine wertvolle Abwechslung zum Alltag der Pferde im Rennstall ist. Vor dem Jahreswechsel werde ich *Last Loser* nicht mehr besuchen können."

Einmal mehr wurde sich Bucher bewusst, dass er sich in Geduld üben musste.

32 Bantry

Bob kannte die Reitanlage von Hannes Lehr in den Hügeln von Bantry von der Zeit, als er mit Séverine liiert war. Seit der Trennung von Séverine hatte er kein Pferd mehr dorthin gebracht. Es war zwar dort ein sehr mildes Klima, aber das Gelände war doch recht hügelig und als Weide eher für Halbblüter und Hindernispferde geeignet als für Flachrennpferde.

Nun fand er wieder einmal Gelegenheit, diesen abgelegenen Ort aufzusuchen. Ausser *Rocket* führte er in seinem Zweiertransporter noch einen älteren Wallach mit, der die Lust am Rennen laufen etwas vermissen liess und Abwechslung und Ruhe brauchen konnte.

Die Strassen von Naas nach Bantry wurden zwar in den letzten Jahren ausgebaut. Aber das schmale Strässchen hinauf zur Reitanlage von Hannes Lehr war immer noch eine Naturstrasse mit Schlaglöchern. Sie führte in eine Sackgasse. Umso romantischer ist es dort, daran erinnerte sich Bob gut. Leider war es ihm nicht vergönnt, bei dieser Gelegenheit, Séverine wiederzusehen. Sie kam erst in einer Woche. Das war ihm zu spät. Er wollte und musste verhindern, dass Kimberley ihm vorzeitig das Pferd wegnahm. Er freute sich aber auch auf das Wiedersehen mit Hannes Lehr und seiner Frau. Er kannte Hannes als erfolgreichen Ausbildner von Pferden.

Das Ehepaar Lehr erwartete den Besuch von Bob mit gemischten Gefühlen. Einerseits hatten sie seinerzeit das Verhalten von Séverine, als sie den Partner in einer seiner Lebenskrisen verliess, missbilligt und Bob ohne Zutun aus den Augen verloren. Anderseits war Séverine ihnen als Ferienablösung in all den Jahren treu geblieben. Sie fühlten sich unsicher, wie sie sich Bob gegenüber verhalten sollten. Es war ihnen nicht einmal klar, ob Bob wusste, dass Séverine immer noch und auch in diesem Jahr wieder die Ferienablösung übernahm.

Die Begegnung zwischen Lehrs und Bob war kurz. Séverine kam nicht zur Sprache. Vielmehr interessierte man sich gegenseitig um das Wohlergehen. Lehrs nahmen mit Freude zur Kenntnis, dass Bob eine herzliche Lebenspartnerin gefunden hatte.

Bob erklärte in wenigen Worten, was für Pferde er auf die Weide mitgebracht hatte und ergänzte: „Wenn alles normal läuft, werde ich sie in der zweiten Woche Februar wieder abholen." Dann wünschte er schöne Ferien und fuhr zurück.

33 Fahrt nach Irland

Séverine hatte schon vor der Auktion in Deauville sechs Pferde auf eine Weide in die Normandie gebracht. Diese Pferde sollten nach einigen Wochen Weidegang schon wieder in ein Vortraining kommen, um anfangs Februar mit guter Grundkondition wieder zu Pierre Boutin zurückzukehren.

Für *Last Loser* und einen Zweijährigen hatte Séverine eine Weide in der Bretagne ausgewählt. Sie hatte diese Möglichkeit schon lange nicht mehr genutzt. Aber das kleine Gestüt bei Dinan lag auf der Strecke von Avranches nach Roscoff. Der Ort war

ideal, um ihren Plan umzusetzen, den sie gegenüber Pierre geheim halten wollte. Sie hatte keine
Skrupel, etwas hinter dem Rücken ihres Partners
zu tun, weil der Plan sich für Pierre auszahlen und
ihm endlich Erfolg und Anerkennung bringen sollte.
Pierre hatte sie erklärt, wieder einmal das Gestüt
bei Dinan auszuwählen, um in Saint-Brieuc eine
Verwandte besuchen zu können, was auf der Fahrt
zur Fähre mit den Pferden im Transporter nicht
möglich sei.

Die ersten Dezembertage waren auch an der Küste
der Bretagne kühl und windig. Séverine fuhr mit einem siebenjährigen Schimmelwallach im Transporter im Nieselregen nach Dinan und dann in das etwas südlich des Dorfes gelegene Gestüt. Lange
hatte Séverine sich überlegt, welche Begründung
sie dem Inhaber des Gestüts abgeben konnte, wa-
rum sie eines der beiden Pferde zwei Wochen nach
dem Beginn der Winterpause wieder abholte. Sie
erfand eine plausible Erklärung; es interessiere
sich unerwartet ein Ire für den Kauf des Hengstes.
Wenn er das Pferd nicht kaufen wolle, werde sie
ihn auf der Rückfahrt wieder zurückbringen.

Last Loser stieg ohne Probleme in den Transporter.
Der Schimmel hatte sein Heunetz schon zur Hälfte
leer gefressen und begrüsste den Hengst mit Wie-
hern und dann mit freundlichem Schnuppern an
den Nüstern. Als Séverine die Reise Richtung

Roscoff fortsetzte, stellte sie dank der Kamera im Transporter fest, dass die beiden Pferde friedlich nebeneinander standen und Heu frassen. Der bis Dinan etwas unruhig gewesene Schimmel war offensichtlich glücklich, einen Reisekollegen erhalten zu haben.

Auf dem riesigen Parkfeld des Fährhafens herrschte reger Betrieb, obschon das Wetter zumindest für Ferienreisende nicht einladend war. Es waren vor allem Lastwagen, welche ihre Güter geladen hatten. Nicht nur solche mit irischen und französischen Kontrollschildern. Auch osteuropäische Camions waren zahlreich. Ausser Séverines Transporter waren in den Warteschlangen mindestens noch zwei weitere Pferdetransporter auszumachen.

Der Verlad ging zügig voran und die Überfahrt verlief bei ruhiger See anfänglich problemlos. Der Schimmelwallach und *Last Loser* verhielten sich lange Zeit friedlich. Séverine hatte genügend Frischwasser und Futter mitgenommen, um die lange Reisezeit zu überbrücken. Aus Gründen der Sicherheit tränkte sie die Pferde nicht mit dem auf der Fähre verfügbaren Wasser, sondern mit Wasser, das sie in erheblichen Mengen im eigenen Stall in Bidons abgefüllt hatte. Wie üblich bei Überfahrten in dieser kalten Jahreszeit interessierte sich niemand für die Fracht von Séverine. Die Passagiere zogen sich in die warmen Aufenthaltsräume und in ihre Schlafkojen zurück. Je länger jedoch die fast fünfzehnstündige Überfahrt dauerte, desto unruhiger wurde der Hengst. Séverine versuchte ihn zu beruhigen, indem sie die letzten Stunden hinten im Transporter sass und den Pferden mit sanfter Stimme zusprach.

Als Séverine in Cork die Fähre über die Rampe verlassen konnte und die Pferde im fahrenden Transporter wieder die Kurven ausbalancieren mussten, stand auch der Hengst wieder mehrheitlich still.

Séverine war die Route von Cork nach Bantry vertraut. Sie wunderte sich einmal mehr darüber, wie wenige Verbesserungen die Strasse in den letzten Jahrzehnten erfahren hatte. Irland hatte ganz allgemein vom Eintritt in die EU profitiert. Die vorwiegend von Touristen besuchte südöstliche Ecke des Landes schien jedoch in einem Dornröschenschlaf zu verharren. Als Séverine mit den beiden Pferden in Bantry die Naturstrasse hinauffuhr, um möglichst direkt zum Hof und Pensionsstall von Hannes Lehr zu gelangen, fühlte sie sich nicht nur müde. Sie war zugleich erleichtert, den beim Transport nicht ganz problemlosen Hengst bald ausladen zu können. Und sie wünschte sich, die Rückreise mit einem hoffentlich angenehmeren *Last Loser* antreten zu können.

34 Ferienvertretung

Es kam Séverine nicht ungelegen, dass Hannes und Angela Lehr schon am Vormittag in die Ferien verreist waren. Sie kannte sich aus und sie hatte seit Jahren ein gutes Einvernehmen mit Jim, der guten Seele im Stall Lehr.

Jim war schon über 80 Jahre alt, für sein Alter jedoch robust und weiterhin in der Lage, das Ausmisten der Ställe zu besorgen und die Pferde zu füttern. Seine Ehefrau war vor einigen Jahren gestorben. Sie waren kinderlos geblieben. Umso mehr bedeuteten ihm die Vierbeiner. Der Hofhund, ein Irish Terrier, war ständig in seiner Sichtweite, und die drei Katzen kamen immer wieder in seine Nähe und strichen um seine Beine herum. Im Umgang mit den Pferden war er tadellos. Für Jim waren sie keine Maschinen, sondern Begleiter in seinem einsam gewordenen Leben. Seit vielen Jahren hatte er sich auf kein Pferd mehr gesetzt. Zwei folgenschwere Stürze waren für ihn genug gewesen. Weil er so liebevoll mit den Tieren umging und zuverlässig war, sah man darüber hinweg, dass er spätestens zur Mittagszeit zur Bierflasche griff. Wenn er jeweils nach dem Abendstall mit seinem Moped die holprige Naturstrasse hinunter fuhr, war nie ganz klar, ob er die vielen kleinen Schwenker absichtlich machte, um den Schlaglöchern auszuweichen oder ob sie eine Ursache des Alkoholpegels waren. Und da er am Abend häufig aus Langeweile ein Pub aufsuchte, hatte er in Bantry den Ruf eines notorischen Trinkers.

Séverine und Jim umarmten sich herzlich: „Grossartig, dich wiederzusehen" begann Séverine. „Du siehst immer noch gleich aus. Fast wie vor 20 Jahren, als wir uns kennenlernten."

„Du aber auch. Pferdesport hält jung. Deinen grossen Verschleiss an Männern sieht man dir nicht an" flachste Jim. „Mit 50 Jahren hat man ja auch schon viel Erfahrung. Du lässt dich vom starken Geschlecht sicher nicht so schnell unterkriegen."

„Nein, sicher nicht. Ich kann mich schon durchsetzen. Ich war bis jetzt nicht verheiratet und hüte mich davor. Wenn mich etwas nicht los lässt, dann sind es die Pferde. Ich habe dieses Mal zwei mitgebracht. Einen Hengst, den ich in zwei Wochen wieder mitnehme, und einen Wallach, der sich vor einem Monat an einer Sehne verletzt hat. Der soll hier ein Jahr Pause haben. Dafür werde ich den Fuchswallach zurücknehmen, den ich vor einem Jahr gebracht habe. Hannes hat gesagt, dass er mir auf einem Blatt Papier notiert, welche Pferde ich in seiner Abwesenheit reiten muss. Hast du den Zettel?"

„Ja, er liegt auf dem Küchentisch. Dort hat es auch einen Kuchen, den Angela als Willkommensgruss für dich gebacken hat."

Nachdem Séverine und Jim die beiden Pferde ausgeladen und in den Stall geführt hatten, tauschten sie im Haus bei Kaffee und Kuchen Erinnerungen aus. Séverine wohnte wie immer im Cottage, das in der Reitsaison den Gästen zur Verfügung stand. Jetzt im wie üblich an Besuchern armen Dezember stand es leer.

35 Der freie Tag

Es war Sonntag, Jims freier Tag. Seit dem Tod seiner Mary hatte Jim wenig Motivation, seine Freizeit kreativ zu verbringen. Auch sein Freundeskreis war geschrumpft. Ehemalige Reiterkollegen hatte er nicht mehr, jedenfalls nicht in der Nähe von Bantry. Der Letzte war vor einem Jahr verstorben. Etwas Unterhaltung fand er nur noch bei den Kollegen, die sich im Pub von Bantry die Zeit vertrieben. Immer war an solchen Tagen auch das Guinness sein Begleiter. Man unterhielt sich vorwiegend über Hunde- und Pferderennen und wettete regelmässig beim Buchmacher um die Ecke. Wenn einer einen saftigen Wettgewinn gelandet hatte, spendete er eine Runde. Je fröhlicher die Gruppe wurde, desto kurzweiliger wurde es. Was sich die Kumpels an diesen Sonntagen an Geschichten erzählten, hatte an Phantasie oft kaum Grenzen, hörte sich mitunter als erfunden oder zumindest als masslos übertrieben an.

Jim war an diesem Sonntag noch nicht lange im Murphys. Er hatte soeben mit der ersten Pint den ärgsten Durst gelöscht, als er gewahr wurde, eine Notiz mit Wetttipps im Stall liegen gelassen zu haben. Die Tipps hatte er am Vortag von einem Hufschmied erhalten, der von sich behauptete, ab und zu Insiderwissen über den Ausgang von Pferderennen zu haben. Jim fuhr mit dem Moped die inzwischen abgetrocknete und schon wieder staubige Naturstrasse zur Farm hinauf. Als er in den Hof einbog und zum kleinen Nebengebäude fuhr, in dem sich seine Garderobe befand, sah er, hinter dem Nebengebäude parkiert, einen alten MG. Er wunderte sich, dass der Fahrer, offenbar ein Besucher, das Auto nicht auf dem Vorplatz stehen gelassen hatte.

Jim wollte nicht den Anschein erwecken, Séverine kontrollieren zu wollen und trachtete danach, mit seiner Notiz in der Tasche die Farm möglichst schnell wieder zu verlassen. Dennoch konnte er nicht übersehen, dass im Eingang der Reithalle zwei dunkelbraune Pferde standen. Als er die Strasse hinunter fuhr, erinnerte er sich daran, dass eines der beiden Pferde, welches Séverine mitgebracht hatte, einem Hengst auffallend ähnlich war, den ein irischer Trainer wenige Wochen vorher auf die Weide gebracht hatte. Und es dämmerte ihm, dass er den alten MG schon einmal gesehen hatte.

Im Murphys war die Stimmung bei seiner Rückkehr schon wesentlich lockerer. Einer der Stammgäste hatte eine weitere Runde offeriert. Es wurde eifrig diskutiert. Für einmal auch über Politik, mit der er sich nur selten befasste. Aber der Brexit war ein Thema, welches auch bei den Iren die Gemüter bewegte. Seit dem Karfreitagsabkommen waren die Beziehungen zwischen den Iren und den Nordiren merklich besser geworden. Alte familiäre Bindungen lebten auf, zahlreiche neue entstanden. Manche wussten aus ihrem Bekanntenkreis Geschichten zu erzählen.

Im Verlaufe des Nachmittags wurden die Diskussionen im Murphys oberflächlich, aber nicht minder unterhaltsam. Mehrmals versuchte Jim zu rekonstruieren, was er auf der Farm gesehen hatte. Die Erinnerungen wurden mit jeder Pint verschwommener.

36 Die Rückfahrt von Last Loser

Séverine verlud die beiden Pferde für die Rückfahrt nach Frankreich alleine. Sie legte für einmal Wert darauf, die Farm zu verlassen, bevor Hannes und Angela zurückgekehrt waren. Wie gewohnt war der Abschied von Jim herzlich. Sie schätzte den kauzigen, eigenen Alten, und sie ahnte nicht, dass sie ihn zum letzten Mal sah.

Die Abfahrtszeit der Fähre in Cork wurde um eine Stunde hinausgeschoben, ehe sich die Brittany Ferries entschied, das Risiko der Überfahrt bei hohem Wellengang auf sich zu nehmen. Es verlängerte sich nicht nur die Transportzeit auf ein problematisches Mass. Noch selten zuvor hatte Séverine eine derart unruhige See erlebt. Der Stress für ihre beiden Pferde liess Séverine nicht gleichgültig. Aber zum Glück flaute der Wind zusehends ab und es erwies sich, dass Séverine sich unnötig Sorgen gemacht hatte und die beiden Pferde sich als pflegeleicht erwiesen.

Auf den diversen Überfahrten war Séverine regelmässig mit anderen Passagieren ins Gespräch gekommen. Da sie jedoch stets in der Nähe der Pferde bleiben wollte, waren es bisher flüchtige Kontakte gewesen. Dieses Mal war es anders. Ein älterer Mann interessierte sich für den Pferdetransporter. Séverine wurde unsicher und fragte sich, ob es sich um einen verkappten Tierschützer handelte. Ihre Befürchtungen waren unbegründet. Der Mann gab sich als Freund des Pferderennsports zu erkennen und als Schweizer, der regelmässig Kontakte mit irischen Bekannten pflegt, zu Besuch in Bantry gewesen und nun auf der Rückreise in die Schweiz war. Es wurde für Séverine unangenehm. Der Schweizer wollte viel wissen. Séverine kam nicht darum herum, ihren Namen preiszugeben. Um sich etwas Privatsphäre zu bewahren, nannte sie falsche Pferdenamen. Es dauerte lange, bis der Schweizer, wie sich herausstellte ein pensionierter Lehrer, seinen Wissensdurst gestillt hatte. Séverine war erleichtert, als er sich endlich verabschiedete. Und sie war sehr froh, dass sie nicht erwähnt hatte, den Schweizer Bucher zu kennen.

Auf der kurzen Fahrt von Roscoff zum Gestüt bei Dinan wurde Séverine bewusst, dass das Zusammentreffen mit dem Schweizer nicht ohne Gefahr für das Gelingen ihres Projekts war. Sie hatte sich alle Mühe gegeben, ihre jährliche Reise nach Bantry und ihren Aufenthalt in der Farm auch dieses Mal als Routine und unspektakulär erscheinen zu lassen. Schliesslich wollte sie auch ihren Geschäftspartner aus der Sache halten. Und nun war ihr ein Kenner des Pferderennsports und ausgerechnet ein Schweizer über den Weg gelaufen.

Zum Glück hatte sie sich bemüht, ihre Reise als Transport von Pferden für die Altersweide darzustellen.

37 Rocket zurück in Naas

Obschon Bob Melon Hindernisjockey gewesen war und er eigentlich lieber Hindernispferde trainierte als Flachrennpferde, hatte er nur zwei Hindernispferde im Stall. Weil er bevorzugte, den Flachrennpferden im Winter eine Rennpause zu geben, gab es nicht viel Arbeit bis Ende Februar. Sein Einkommen war mit so wenigen Pferden gering. Dank seinen Massnahmen konnte er sich in der Winterzeit einen Arbeitsreiter ersparen. Nur für den Morgen- und den Abendstall benötigte er eine Hilfe. Die beiden Hindernispferde ritt er alleine. Dank einem befreundeten Trainer, der seine Pferde in unmittelbarer Nähe hielt, konnte er sich immerhin zeitweise anderen Trainingsgruppen anschliessen, so dass seine Pferde nicht alleine gearbeitet werden mussten. Ideal war es nicht, aber zufriedenstellend.

Als der Weidegang seiner Pferde in Bantry zu Ende ging und er die beiden Vollblüter abholte, war Séverine wie geplant längst abgereist. Sie hatte ihm die beruhigende Nachricht hinterlassen, dass Rocket wie geplant versorgt worden sei. Nach einem Tee mit dem Manager führte Bob den Hengst und den alten Begleiter in den Transporter und befestigte für die Reise die Heunetze. Bevor er sich verabschiedete, wiederholte er die Anweisung an Hannes, dass die Rechnung für den Weidegang der Pferde ihm persönlich zugestellt werde. In anderen Jahren hatte er jeweils die Rechnung auf die Besitzer der Pferde ausstellen lassen.

Die Reise über die engen Strassen von Bantry über Dunmanway nach Bandon erforderte bei Nebel und starkem Seitenwind Bobs volle Konzentration. Als er in Cork die M8 erreicht hatte, liess nicht nur der Wind nach. Auch die Sicht wurde besser und die Fahrt bis Naas angenehm.

Es kam so, wie er es befürchtet hatte. Rocket war kaum von der Weide in seinem Stall zurück, als Jack Kimberley anrief:

„Ich werde Rocket an der Februarauktion im englischen Newmarket verkaufen. Drei Tage vor der Auktion wird das Pferd bei Ihnen abgeholt." Vermutlich um ihn zu motivieren, das Pferd für die Auktion gut vorzubereiten, ergänzte er: „Sie erhalten eine Erfolgsprämie, falls Rocket einen guten Preis erzielt."

Die Wochen bis zum Verlad nach England genügten, um das Pferd äusserlich verkaufsbereit zu machen. Mit langer Trabarbeit verlor der Hengst etwas an Gewicht. Besonders lange Winterhaare hatte das Pferd nicht. Der Hengst hatte auf der Weide immer eine Decke getragen.

Etwas früher als erwartet, drei Tage vor Ende Januar, wurde Rocket von einem Melon unbekannten Transporteur abgeholt. Es war noch dunkel, als sie den Hengst in den grossen Lastwagen führten, in dem acht Pferde Platz fanden, jedoch erst zwei Plätze belegt waren. Ein beklemmendes Gefühl befiel Bob. Eigentlich war er sich der Sache sicher. Aber irgendetwas stimmte doch nicht.

38 Im Gestüt

Sandra Keller besuchte *Last Loser* anfangs Januar auf der Weide bei Dinan. Zurück in La Chapelle sur Erdre telefonierte sie Andi Bucher:

„*Last Loser* geht es gut. Er hat etwas zugenommen und wirkt ruhig. Aber ich war sehr überrascht, als er mit Wonne und gierig in die Rüben gebissen hat, welche ich ihm mitgebracht habe. Als ich ihn kurz nach dem Kauf besucht hatte, hat er an den Rüben lange gelutscht, bevor er in sie hineinbiss. Der Futtermeister hat es damit begründet, dass er als Fohlen mit der Flasche aufgezogen worden ist, weil seine Mutter nach der Geburt gestorben war. Wie schnell sich Pferde an neues Futter gewöhnen können. Am Hals hat er eine kleine Verletzung. Er muss sie sich auf der Weide zugezogen habe. Die Verletzung ist aber praktisch verheilt."

Andi Bucher war sehr erfreut, nach langer Zeit wieder etwas über den Hengst zu hören: „Es ist nicht aussergewöhnlich, dass die Trainer wochenlang, im Winter monatelang keine Information übermitteln. Wenn die Monatsrechnungen für die Pension nicht wären, könnte man vergessen, dass man überhaupt ein Pferd hat. Ich bin sehr dankbar, dass ich Sie habe und Sie ab und zu einen Kontrollbesuch machen."

Sandra Keller ergänzte: „Ich hatte in den letzten vier Wochen zwei Kontakte mit Fachleuten aus dem französischen Turfgeschehen, welche Pierre Boutin seit längerer Zeit kennen. Er sei als Trainer nicht sonderlich erfolgreich. Aber er sei ehrlich und ein konsequenter Gegner von der Anwendung leistungssteigernder Mittel. Das hat mich sehr beruhigt."

„Das höre ich gerne" erwiderte Bucher. „Das hatte mir Boutin schon im persönlichen Gespräch versichert. Aber man ist bei diesen Trainern nie sicher, ob sie Dinge erzählen, um dem Besitzer zu gefallen, und in Wirklichkeit hält sie nichts davon ab, an die Grenzen des Erlaubten zu gehen, wenn sie es als notwendig erachten. Und dann natürlich, ohne den Besitzer zu informieren, geschweige denn, sein Einverständnis einzuholen. Er sieht es dann vielleicht auf der Monatsrechnung, wenn es schon zu spät ist."

Sandra Keller widersprach nicht, sondern ergänzte: „Sie sollten sich Zeit nehmen und *Last Loser* auch einmal auf diesem kleinen Gestüt besuchen. Die Art der Betreuung der Pferde ist sehr sympathisch. Und die Atmosphäre ist besonders auch in dieser Jahreszeit speziell. Das erste Fohlen ist auf die Welt gekommen. Der Gestütsleiter erwartet bis Ende April insgesamt vier Fohlen."

Bucher war erleichtert: „Ich danke Ihnen für den Anruf. Gemäss den letzten Mitteilungen des Trainers müsste *Last Loser* Mitte Januar wieder im Rennstall sein. Meine Frau und ich gehen nun für zwei Wochen nach Zermatt in die Winterferien. Ende Februar möchte ich dann *Last Loser* besuchen."

39 Julia Hamer

In Kentucky war Julia Hamers Passion für Musik und Theater zu kurz gekommen. Wenn auch Dublin das kulturelle Zentrum von Irland war, bot Cork mindestens saisonal hochstehende Kunst. Als leidenschaftliche Klavierspielerin fand Julia schon kurze Zeit nach ihrem Wechsel nach Cork einen geeigneten Musiklehrer. Der aus der Ukraine stammende Gregor Ustinov hatte am Konservatorium in London studiert, wurde Konzertpianist und erlangte das Dirigentendiplom. Gregor war in etwa gleich alt wie Sjörs, aber ein ganz anderer Typ. Nicht rational, sondern sehr gefühlsbetont und phasenweise chaotisch. So kam es schon in den ersten Monaten, in denen der Ukrainer ihr im Hause Hamer Unterricht erteilte, vor, dass er fast eine Stunde zu spät erschien oder den Termin vergass. Die Verlässlichkeit, welche Sjörs auszeichnete, war nicht Gregors Stärke. Er war so ganz anders. Die vielleicht einzige Gemeinsamkeit von Sjörs und Gregor war ihre Begeisterung für alte Autos. Bei Gregor war diese für einen Musiker wohl eher seltene Eigenschaft gewachsen, als er als junger Mann nördlich von London auf dem Lande lebend ein Fahrzeug benötigte, um zur nächsten Bahnstation zu gelangen und er sich nur einen alten Sunbeam leisten konnte. Weil er kein Geld hatte, um kostspielige

Reparaturen zu bezahlen, befasste er sich intensiv mit der Mechanik eines Autos. Bei den wenigen Gelegenheiten, bei denen Sjörs und Gregor aufeinandertrafen, ging es daher fast immer um Oldtimer.

Julia hätte gerne eigene Kinder gehabt. Dass ihr dies wegen eines Tumors im Unterleib nicht vergönnt war, wusste sie schon vor der Heirat. Der Tumor hatte entfernt werden können und Julia galt als geheilt. Daher war die Adoption von Kindern am Anfang der Ehe ein Thema gewesen. Aber Julia konnte Sjörs nicht von dieser Idee überzeugen, weil er vor allem eine Benachteiligung seiner Kinder aus erster Ehe befürchtete. So entstand bei Julia zeitweise eine gewisse Leere, und weil Sjörs häufig auf Reisen war, wurde Gregor für Julia immer mehr zur wichtigsten Bezugsperson. Das Vertrauensverhältnis zwischen Julia und Gregor wuchs. Julia begann mit der Zeit sogar, die Unzuverlässigkeit ihres Klavierlehrers zu lieben.

Gregor war ganz allgemein zu allen möglichen Überraschungen fähig. Manchmal kam er nicht oder zu spät. Dann aber auch wieder einmal mit einem Blumenstrauss oder unverhofft, wobei er nie unangemeldet erschien, wenn Sjörs zuhause war. Da Sjörs mindestens eines seiner beiden Autos, auch den alten MG, fast immer auf dem Hausplatz stehen liess, um Zeit zu sparen oder um bei einem

Notruf schneller einsatzbereit zu sein, konnte es allerdings auch sein, dass Gregor die Absicht, ungeplant seine Aufwartung zu machen, jeweils abbrach, wenn er die Anwesenheit von Sjörs vermutete. Die oft wiederkehrende Aufmerksamkeit, die Gregor offenbarte, berührte Julia zunehmend. Und es blieb ihr nicht verborgen, dass er in letzter Zeit beim Unterricht häufiger ihre Hand nahm, um die optimale Haltung der Hände und Finger zu zeigen. Manchmal schien es ihr, dass dazu keine Notwendigkeit bestand. Aber es kam ihr nicht ungelegen.

40 *Le Mont St. Michel*

In der zweiten Hälfte Februar fand Andi Bucher Zeit, seinen Hengst in Frankreich zu besuchen. Seine Frau hatte keine Lust ihn zu begleiten.

Andi nahm den TGV von Zürich über Paris nach Rennes. In Paris musste er umsteigen. Bei der Ankunft des TGV erklärte ihm eine Französin, welche zwei Kleinkinder und zwei Koffer bei sich hatte, wie er am schnellsten vom Gare de Lyon zum Gare Montparnasse kommt. „Ich muss auch dorthin." sagte sie. „Folgen Sie mir. Es muss aber schnell gehen. Mir verbleibt wenig Zeit bis zur Abfahrt des nächsten Zuges."

Kaum gesagt, rannte sie davon, mit dem jüngeren Knaben an der Hand, während der ältere Knabe einen der beiden Rollkoffer vor sich herschob, links und rechts an den Passanten vorbei. Andi folgte in kontrolliertem Abstand, ebenfalls im schnellen Schritt und mit seinem Rollkoffer. Das Grüppchen erreichte den nächsten Bus unmittelbar vor der Abfahrt.

Der überfüllte Bus quälte sich durch die verstopften Strassen. Sie waren erstaunlicherweise dennoch genau gemäss Fahrplan im Gare Montparnasse. Vor ihnen lag einer der zahlreichen Eingänge zu diesem weitläufigen Bahnhof. Menschenmassen drängten sich durch den ersten Durchgang. Für kurze Zeit entschwand die Französin mit den Kindern den Blicken Andis. Sie waren schneller als er. Dann, in einem der nächsten Durchgänge sah er sie wieder. Sie durchsuchte ihre grosse Handtasche, dann schaute sie völlig konsterniert auf. Und als Andi zu ihr trat, sagte sie:

„Jetzt hat mir jemand mein Portemonnaie aus der Tasche geklaut, mit allen Ausweisen. Vermutlich im Bus. Das ist elend."

Andi war auch entsetzt: „Kann ich Ihnen behilflich sein?"

„Nein, nein", erwiderte sie, schon wieder etwas gelassen. „Ich habe noch für den Notfall separat eine Kreditkarte aufbewahrt. Ich komme schon weiter. Aber es ist mühsam, vor allem mit den Ausweisen." Das kommt auch in Zürich vor, dachte sich Andi. Aber die wenigsten Schweizer verhalten sich in einer solchen Situation so stoisch wie diese Französin.

Andis Ankunft in Rennes verzögerte sich um zwei Stunden, weil im Bahnhof von Rennes eine Gasleitung leck war und der Bahnhof für kurze Zeit evakuiert werden musste. Als Andi sein Hotelzimmer im fünften Stock des Hotels Mercure mit Ausblick auf die Innenstadt bezogen hatte, wurde er Zeuge einer Demonstration der Gilets jaunes. Zahlreiche Polizei- und Sanitätswagen folgten unkontrollierten Demonstrationszügen, Container wurden umgeworfen oder brannten, Flaschen flogen durch die Luft, Petarden knallten und Rauch breitete sich aus.

Als sich die Demonstranten und die Polizei aus dem Blickfeld von Andi entfernt hatten, wagte sich Andi auf einen Abendspaziergang in die Altstadt. Dort war er aber plötzlich inmitten von Demonstranten und Polizei, welche sich in den Gassen ein Katz- und Maus-Spiel lieferten. Von allen Seiten rannten ihm Demonstranten und Polizisten entgegen, die Demonstranten nur zu einem geringeren

Teil in gelbe Westen gekleidet, die meisten in Jeans und Pullover oder Jacken verschiedenster Farben, fast alles Jugendliche oder Personen im Alter von zwanzig bis vierzig Jahren. Ab und zu ein Senior. Flink wichen sie den Polizisten aus. Diese bewegten sich eher beschwerlich; sie waren in schwarzer und schusssicherer Montur gekleidet, ausgerüstet mit Schlagstöcken und teilweise mit Schutzschildern. In der rauch- und tränengasgeschwängerten Luft fand Bucher mit Glück einen Fluchtweg. Es dauerte lange Minuten, bis das Stechen in den Augen und die Tränen nachliessen.

Als Bucher nach dem Abendessen zum Hotel zurückspazierte, war in der Stadt Ruhe eingekehrt. Putzequipen der Stadtverwaltung reinigten die Strassen und entsorgten Unmengen von zerbrochenem Glas, verbranntem Papier und Karton und setzten Abschrankungen und Verkehrstafeln wieder an die richtigen Stellen. Für den biederen Schweizer begannen die Ferien in Frankreich in wahrlich nicht erwarteter Weise. Offensichtlich musste er etwas nachholen, denn als Student hatte er sich von den 68er Krawallen[7] ferngehalten und

---

[7]

Im Jahr 1968 fanden in Zürich massive Studentenunruhen statt.

sich stattdessen in der Freizeit dem Pferderennsport gewidmet.

Anderntags mietete Bucher einen Kleinwagen. Er
hatte sich in Genêts in einer Pension ein Zimmer
reserviert und sich mit dem Trainer und seiner Geschäftspartnerin zum Nachtessen verabredet.
Dank GPS fand er mit Leichtigkeit die Unterkunft
und den Stall, der nur wenige Kilometer von der Unterkunft entfernt lag. Etwas überrascht war Bucher,
dass Pierre Boutin nicht anwesend war. Ein junger
Mann war gerade dabei, dem letzten Pferd die Win-
terdecke zurechtzulegen und die Arbeit des Abend-
stalls zu beenden, als Séverine Marlin aus einem
Raum trat, der sich später als Büro erweisen sollte.

Im nüchternen und staubigen Umfeld der Stallungen strahlte die attraktive Französin, von der
Abendsonne beschienen, welche den Eingang des
Büros erhellte, wie ein Kristall. Sie sah schon von
weitem wiederum bezaubernd aus, obschon sie Ar-
beitskleider trug. Vielleicht auch gerade deswegen,
denn ihre hinreissende Figur kam in der enganlie-
genden Reithose besonders zur Geltung.

Die Begrüssung war herzlich. Sie entschuldigte die
Abwesenheit ihres Partners: „Pierre erhielt einen
Anruf eines anderen Besitzers, der ihn unbedingt in
Caen treffen wollte. Sie müssen heute Abend mit
mir Vorlieb nehmen. Ich schlage Ihnen vor, dass ich
Ihnen vor dem Nachtessen bei einem Spaziergang

die Gegend zeige. Aber zuvor wollen Sie sicher Ihr Pferd sehen."

Bucher war verdutzt und gleichzeitig insgeheim erfreut. Was konnte ihm Besseres widerfahren als ein ungezwungener Abend mit einer jüngeren, schönen Frau, von der er sich in den letzten Monaten aus der Erinnerung ein Bild gemacht hat, ohne ihren Charakter auch nur im Ansatz zu kennen.

Bucher bemühte sich, seine Freude zu verbergen: „Das ist aber schade. Ich hoffe, dass ich morgen Gelegenheit haben werde, mit Monsieur Boutin zu sprechen. Natürlich freut es mich, wenn Sie Zeit für mich haben. Ich habe nichts weiter verabredet und nehme Ihren Vorschlag gerne an."

Séverine Marlin führte Andi Bucher zur Boxe von *Last Loser*. Der Hengst zeigte sich zutraulich und schien schon in guter Form zu sein. Jedenfalls hatte er den Grasbauch schon weitgehend verloren, welche sich die Pferde auf der Weide in der Regel anlegen. Madame Marlin erklärte:

„Er arbeitet schon wieder recht gut. Wir traben jeden Tag mindestens 20 Minuten und haben vor zwei Wochen begonnen, ruhig lange Strecken zu galoppieren. Er hat sich schon wieder eine gute Muskulatur zugelegt. Morgen wollen wir zur Abwechslung in einem etwas besseren Tempo gehen.

Dann werden Sie sehen, dass er eine gute Galoppaktion hat."

Nachdem sich Madame Marlin umgezogen hatte, fuhren die beiden mit dem Mietauto von Bucher an die Küste von Jullouville. Die Sonne stand gelbrot am Horizont noch knapp über dem Meer und warf ihre fast kitschig anmutende Farbe über das Wasser. Weil Ebbe war, standen die Sandbänke wie dunkle, flache und riesige Tische im Meer, das an verschiedenen Stellen fahl und dann wieder stärker leuchtete. Der Mont Saint-Michel ragte majestätisch aus der Ebene. Die ausgesprochene Wärme dieses aussergewöhnlichen Februartags wich zunehmend einer frischen Brise. Sèverine und Andi waren fast alleine am weiten, verlassenen Strand. Sie sprachen kaum ein Wort. Ergriffen standen sie nebeneinander und bewunderten die Natur.

In Avranches nahmen die beiden im Croix d'Or ein ausgezeichnetes Nachtessen ein. Zum Menü tranken sie einen frischen Brouilly und stiessen auf *Last Loser* an. Beide, Andi und Séverine je für sich, hofften, dass der Hengst sie noch häufig zusammenführen werde.

41 Morgentraining

Der Wind war abgeflaut, als sich Bucher am folgenden Morgen im Stall in Genêts einfand und auf Pierre Boutin traf. Dieser äusserte sich nicht weniger lobend über *Last Loser* als tags zuvor Séverine Marlin:

„Ich habe den Eindruck, dass ihm die Pause gut getan hat und er noch kräftiger geworden ist. Wir machen nun heute die erste bessere Galopparbeit, seitdem er bei uns ist. Dazu fahren wir ins Trainingszentrum von Dragey. Wir verladen die Pferde. In wenigen Minuten sind wir dort. Als Trainingspartner gebe ich ihm einen gleichaltrigen Wallach mit, der im letzten Jahr immerhin ein kleines Rennen gewonnen hat. *Last Loser* geht auf der ersten Gerade hinten und sollte dann im Bogen aufschliessen. In der zweiten Gerade galoppieren sie etwa 400 Meter im Renntempo nebeneinander, ohne gefordert zu werden. Wenn *Last Loser* nicht abfällt, müsste er sich gegenüber den bisherigen Leistungen gesteigert haben."

Das Zentrum Dragey bietet beste Voraussetzungen, um Rennpferde zu trainieren, sowohl Flach- als auch Hindernispferde. Die zahlreichen in der Umgebung ansässigen Trainer nutzen die Anlage, wenn ihre eigenen Pisten für die Trainingseinheit zu wenig anspruchsvoll sind oder als Abwechslung. Der Psyche der Pferde muss sorgsam Rechnung getragen werden.

Die Anlage liegt auf einer leichten Anhöhe, abgeschirmt von störenden Einflüssen wie Verkehr oder Industrie. Der Blick schweift über die weiten Flächen der westlichen Normandie oder über den Atlantik. Mehrere Trainer nutzen sie gleichzeitig. In Gruppen oder zu zweien traben oder galoppieren die Pferde ihre individuellen Strecken.

Last Loser und sein Trainingspartner betraten eingangs des ersten Bogens die Bahn, *Last Loser* wie verordnet an zweiter Stelle. In flottem Tempo ging es die erste Gerade hinunter. Im Bogen schloss *Last Loser* ohne Schwierigkeiten zum Trainingsgefährten auf. Er hatte keine Probleme, auf der anschliessenden Geraden mitzuhalten. Im Gegenteil. Sein Reiter hatte die Zügel straff und das Pferd hätte mit Leichtigkeit zulegen können. Pierre Boutin war sehr zufrieden. Als sich die Blicke von Séverine Marlin und Andi Bucher trafen, schmunzelte sie. Bucher fragte sich, ob es wegen der guten Leistung des Pferdes war oder wegen des romantischen Abends tags zuvor.

42 Rocket an der Auktion

Für den Transport von *Rocket* nach England war Kimberley besorgt. Er schätzte den Wert des Pferdes nach Rücksprache mit seinem Schwiegersohn John auf mindestens 200'000 Pfund und teilte dem Auktionator eine entsprechende Limite mit. Falls der Hengst diesen Preis nicht erzielen würde, sollte er als unverkauft aus dem Ring gehen. Für die Vorbereitungen und die Präsentation des Pferdes hatte Kimberley einen erfahrenen Agenten beauftragt. Die Bedenken des auserwählten Agenten, dass die Verkaufslimite zu hoch ist, schlug Kimberley in den Wind.

Während *Rocket* mit einem Sammeltransport von Naas nach Dublin, dort mit der Fähre nach Liverpool und dann nach Newmarket gereist war, flog Kimberley mit der Ryanair am Vortag des ersten Auktionstages von Dublin nach Luton. Er mietete eine standesgemässe Limousine, übernachtete aber in einem B&B in Cambridge.

Im Auktionsgelände war Kimberley anderntags schon am frühen Morgen. Ein kräftiger Wind schlug ihm den Regen ins Gesicht. Das störte ihn nicht. Er war stolz, seinen Crack im Kreise der erfolgreichsten Rennstallbesitzer und Rennpferdetrainer der Welt präsentieren zu können.

Rocket kam bereits am ersten Auktionstag als Nummer 151 in den Ring. Mit Freude verfolgte Kimberley das Interesse, das Vertreter von renommierten Rennställen an *Rocket* zeigten. Etliche Male wurde der von seinem Agenten beauftragte Pferdebetreuer aufgefordert, das Pferd aus der Boxe zu nehmen und im Schritt und im Trab vorzuführen. Einzelne Interessenten kamen, begleitet von einem Tierarzt, ein zweites Mal und liessen das Pferd untersuchen. Niemand schien am Pferd und an dessen Gesundheitszustand etwas zu beanstanden. Kimberley sah der Auktion hoffnungsvoll entgegen.

Die Nummer 151 bot eigentlich eine günstige Ausgangslage, weil die Lots am Nachmittag des ersten Auktionstages bei den Kaufinteressenten erfahrungsgemäss mehr Aufmerksamkeit finden als die Angebote am Vormittag.

Rocket machte einen ruhigen Eindruck, als er in den Ring geführt und vom Auktionator vorgestellt wurde. Kimberleys Agent hatte – wie es üblich ist – zwei Kollegen aufgeboten, die mit Scheingeboten den Bietungsprozess ins Rollen brachten. Relativ schnell überschritten die Gebote die Marke von 50'000 Pfund. Bei 95'000 Pfund hatten die Beauftragten ihre Aufgabe erfüllt. Von da an waren die eigentlichen Kaufwilligen unter sich. Ab 145'000 Pfund stockte der Bieteprozess. Der Auktionator gab sich zwar alle Mühe und pries die Rennleistungen von *Rocket* wiederholt an. Aber bei 160'000 Pfund blieb das Angebot stehen. Der Agent hatte mit seiner Einschätzung, dass die Limite zu hoch angesetzt war, Recht behalten. *Rocket* ging unverkauft aus dem Ring.

Was nun? Zurück nach Irland wollte Kimberley das Pferd nicht senden. Er hatte schon vor der Auktion zusammen mit John beschlossen, im Falle eines Misserfolgs, das Pferd in Newmarket einem englischen Toptrainer zu übergeben. Für einen zweitklassigen Trainer wie Melon war *Rocket* zu gut. Die Trainingskosten waren in Newmarket zwar höher als in Irland. Dafür aber auch die Chancen viel höher, in den begehrten Gruppenrennen Erfolge zu erzielen und dadurch den Wert des Pferdes nochmals zu steigern. Und Kimberley war überzeugt: *Rocket* war gut genug, um sogar anlässlich der exklusiven Rennwoche von Royal Ascot ein Rennen zu gewinnen. Ein Erfolg an diesem königlichen Meeting ist ein Traum für jeden Rennstallbesitzer und war nach den letztjährigen Leistungen von *Rocket* absolut in Reichweite.

Kimberley wusste, dass Spitzentrainer bei der Aufnahme neuer Pferde wählerisch sind. Als Engländer hatte Kimberley aber Beziehungen. Und mit Unterstützung eines Bekannten konnte er den erfolgreichen Adrian Johnson überzeugen, seinen

Hengst ins Training zu nehmen. *Rocket* übersiedelte noch am selben Abend in die Stallungen des Toptrainers, die sich unweit des Auktionsgeländes befanden.

43 Last Loser vor dem ersten Rennen

Nachdem *Last Loser* einen Test im Training mit Überzeugung abgelegt hatte, nannte Pierre Boutin den dunkelbraunen Hengst für ein Rennen, das Mitte März in Chantilly, nördlich von Paris gelegen, gelaufen werden sollte. Boutin teilte die Meinung seiner Geschäftspartnerin Marlin, dass das Pferd auf einer längeren Renndistanz besser laufen werde. Eine Meinung, welche im Übrigen auch die junge Mitbesitzerin vertrat. Und es war in erster Linie Séverine Marlin, die darauf drängte, das Pferd schon nach relativ kurzer Trainingszeit Rennen laufen zu lassen.

Boutin pflegte in der Kommunikation mit den Besitzern der Rennpferde Zweckpessimismus. Es war schon immer einfacher, mit Überraschungen umzugehen als mit Enttäuschungen. Im ersten Rennen nach der fast fünfmonatigen Rennpause rechnete

er aus Prinzip nicht damit, dass *Last Loser* auf Anhieb unter den ersten fünf Pferden ins Ziel kommen
würde. Die Gegner waren eher stärker, als jene, mit
denen *Last Loser* es bis dahin zu tun gehabt hatte.
Zudem waren die meisten keine Jahresdebütanten,
sondern waren während dem Winter Rennen gelaufen. Entsprechend machte Boutin den beiden
Besitzern keine Hoffnungen. Er verschwieg, dass
der Hengst im Training jeden Tag mehr überzeugte.

Beeinflusst durch die zurückhaltenden Prognosen
des Trainers zogen es die beiden Schweizer Besitzer vor, nicht nach Chantilly zu reisen, um das Rennen vor Ort zu sehen. Sie bevorzugten es, das
Rennen am Fernsehen zu verfolgen.

Die Fachjournalisten, von denen es im französischen Pferderennsport eine stattliche Zahl gibt,
räumten *Last Loser* keine Chancen ein. Séverine
Marlin war die grosse Aussenseiterrolle des
Hengsts mehr als recht. Die Quote von *Last Loser*
stand bei den PMU-Wettschaltern bei 30:1. Das
war, was sich nicht nur Séverine Marlin erhofft
hatte.

44 Sandra Keller

Sandra Keller stand in Nantes in der Nähe der Universität in einem PMU-Café. Sie war die einzige Studentin, die wettete. Um den Wettschalter drängten sich viele ältere Personen, mehrheitlich Männer. Deren einfache Kleidung deutete darauf hin, dass sie mehr von der Hand in den Mund als von einem geregelten Einkommen lebten. Sandra fühlte sich in dieser Umgebung nicht sonderlich wohl. Immerhin hatte sie keinerlei Angst, sexuell belästigt zu werden. Es war auffallend, wie die Wetter völlig versessen die Fachzeitungen studierten und sie als Folge ihrer Wetteinsätze mit ihren Favoriten mitfieberten. Sie nahmen sich weder Zeit noch hatten sie Lust, mit dem Nachbarn über ein anderes Thema zu diskutieren als über das bevorstehende Rennen.

Sandra hatte an den Rennen in der Schweiz kaum je gewettet. Nun wagte sie eine Sympathiewette und setzte auf *Last Loser* 2 Euro Sieg.

Sandra war erstaunt, wie schnell *Last Loser* aus den Startboxen schnellte, ganz entgegen der Gewohnheit des Hengsts, wie sie es in den Filmen der letzten Rennen gesehen hatte. Dann nahm ihn der Reiter zurück und steuerte ihn hinter das führende Pferd. Die Positionen veränderten sich bis in den

Einlaufbogen nicht. *Last Loser* blieb bis zu Beginn der Einlaufgerade an zweiter Stelle. Dann war er eingeschlossen. Erst 300 Meter vor dem Ziel fand er eine Lücke. Inzwischen war das vor ihm liegende Pferd auf den dritten Platz zurückgefallen, *Last Loser* also bestenfalls Vierter. Als ihm der Reiter aber die Zügel frei gab, schloss *Last Loser* mühelos zum führenden Pferd auf und war im Ziel an ihm vorbei. Er siegte leicht mit einer Länge und liess zur grossen Überraschung die 15 höher gewetteten Gegner hinter sich.

Bei der Fernsehübertragung sah man einen verblüfften und strahlenden Trainer bei der Siegerehrung. Er hatte schon lange kein Rennen mehr gewonnen. Séverine Marlin nahm im Hintergrund Gratulationen entgegen.

Sandra kassierte einen Gewinn von fast 60 Euros. Weil sie ihre Beteiligung an einem Rennpferd nicht an die grosse Glocke hängte, feierte sie den unerwarteten Sieg alleine und mit einer Pizza.

45 Andi Bucher

Andi Bucher erlebte das Rennen im PMU-Bistro bei Kathi hinter der Tribüne der Pferderennbahn Dielsdorf. Dort wurden die Rennen von Chantilly übertragen. Wie gewohnt, wettete er nicht auf sein Pferd. Er blieb dem Grundsatz treu, kein Geld mit dem eigenen Pferd zu verspielen. Wenn es gewinnt, so sein Grundsatz, profitiert und freut er sich ohnehin.

Gegenüber den wettbegeisterten Rennsportkollegen im Bistro konnte er nicht verbergen, dass er Besitzer eines Rennpferdes geworden war. Sein Name stand als hauptverantwortlicher Besitzer von *Last Loser* in der Rennzeitung. Es war zu erwarten gewesen, dass die Kollegen wissen wollten, ob sein neues Pferd nach seiner Meinung Chancen hat und sich eine Aussenseiterwette lohnt. Es kam ihm gelegen, dass der Trainer von Last Loser keine Hoffnungen auf ein gutes Resultat gemacht hatte. Entsprechend riet er seinen Kollegen ab, Geld auf den Hengst zu setzen.

Der Sieg überraschte alle. Andi Bucher war ausser sich vor Freude. Es erfüllte ihn mit Stolz, einen offensichtlich geschickten Kauf in einem Verkaufsrennen getätigt zu haben. Jedermann konnte online nachsehen, zu welch günstigem Preis er den

Hengst erworben hatte. Es war ein Beweis, dass er doch mehr vom Pferderennsport verstand, als viele ihm zugetraut hatten. Bucher lud die Anwesenden zu einem Drink ein und feierte. Er hätte sich das Glück, auf einer der grossen Pariser Pferderennbahnen als Besitzer einen Sieg zu erringen, nicht träumen lassen.

Als er mit den Kollegen auf den Sieg angestossen hatte, erhielt er aufs Handy einen Anruf. Der überglückliche Trainer gratulierte. Auch er sei überrascht, obschon der Hengst ihm im Training imponiert hatte. Der Dunkelbraune sei unverletzt geblieben, soweit dies jetzt festgestellt werden könne. Er werde ihn morgen Vormittag anrufen, falls etwas nicht in Ordnung sei.

Andi nahm sich vor, bei nächster Gelegenheit wieder nach Frankreich zu reisen. Er wollte sehen, wie sich das Pferd entwickelt hatte, aber nicht nur das. Er dachte auch immer wieder an Séverine, die er auf dem Bildschirm bei der Siegerehrung hinter dem Trainer und dem Reiter stehend ausmachen konnte.

46 Gregor und Julia

Im historischen Kinsale südwestlich von Cork gab Gregor Ustinov bei Bekannten ein Hauskonzert. Er lud Julia dazu ein. Das romantische Dorf war für Julia ein Anziehungspunkt, seit sie kurz nach dem Umzug nach Cork mit Sjörs im Sommer ein Abendessen in einem Fischrestaurant eingenommen hatte. In der Reisezeit mied sie Kinsale, weil es dann von Touristen überschwemmt war. Einige Male begleitete sie Sjörs nach Kinsale, wenn ihr Mann dort Point-to-Point- Rennen[8] besuchte. Dann zog sie es vor, anstatt sich auf dem Rennplatz zu langweilen mit ihrem Hund durch die schmucken Gassen zu schlendern und die vielen Angebote der Handwerkskunst zu bewundern.

Nun also war sie zu einem Klavierkonzert eingeladen. Das an einem zum Meer flach abfallenden Hang gelegene feudale Haus verfügte über einen grossen südlich orientierten Wohnraum, dem eine weite Terrasse vorgelagert war, abgetrennt von einer mehrteiligen, verglasten Schiebetüre. Obschon der März erst angebrochen und die Sonne noch

---

[8]

    Als Point-to-Point-Rennen werden in England und Irland Jagdrennen bezeichnet, die hauptsächlich von Amateurrennreitern geritten werden.

nicht kräftig war, liess es die Temperatur zu, die Türe zu öffnen und den Konzertflügel an den Rand des Raumes zu schieben, so dass die Zuhörer im geschützten Raum Platz nehmen und den Blick über den Flügel und den Pianisten hinweg übers Meer schweifen lassen konnten. Und weil ein leichter Wind vom Meer wehte, ergab sich im nach oben in einen Giebel auslaufenden Raum eine wunderbare Klangfülle.

Gregor begann mit der Ungarischen Rhapsodie Nr. 6 von Liszt. Seine Finger bewegten sich elegant, sanft und dann wieder behände über die Tasten. Es folgte das Prelude in G-Dur von Rachmaninov und dann von Liszt die Nocturne No. 20 und der Frühlingswalzer. Der Pianist kam völlig aus sich heraus; er legte seine Gefühle mit Inbrunst in die Tasten. Als nach einer weiteren Pause Gregor zum Abschluss den Liebestraum No. 3 von Liszt spielte, wanderten seine Augen immer wieder in die Zuschauerreihen zu Julia.

Den Cocktail nahm die kleine Gesellschaft auf der Terrasse, bis die Sonne am Horizont im Meer versank. Julia und Gregor wanderten anschliessend Hand in Hand über die sanfte Anhöhe und hinunter ins Dörfchen Kinsale, wo Julia ihr Auto stehen gelassen hatte. Sie hatte gehofft, am Ufer in einem abgelegenen Pub mit Gregor den Abend ausklingen lassen zu können.

Julia und Gregor fanden auf der Terrasse eines am Strand gelegenen Cottage in einer gemütlichen Ecke ein Sofa. Bei einem Sherry liessen sie das Konzert Revue passieren und unterhielten sich über die illustren Gäste. Es wurde kühler und sie suchten Nähe und Wärme. Schon vor dem Konzert hatte Julia gespürt, dass Gregor ihr so viel näher gekommen war als jemals Sjörs.

47 Rocket

Jack Kimberley erhielt vom Trainingsstall Johnson eine wenig erfreuliche Nachricht. Nicht der Trainer selber rief ihn an, sondern der Assistenztrainer. Bei einem derart grossen und erfolgreichen Rennstall war dies soweit noch nicht beunruhigend. Aber die Mitteilung, dass *Rocket* noch nicht seine bisherigen Leistungen bestätigt habe, war enttäuschend. Vermutlich benötige er mehr Zeit. Man habe begonnen, ihn mit mittelstarken Pferden zusammen zu trainieren, damit er sich nicht überfordert fühle. Man werde ihn vorläufig noch nicht in einem Rennen nennen und in etwa drei Wochen eine neue Beurteilung abgeben. Es gebe Pferde, die immer im

Frühling eine schlechte Form zeigen. Als Dreijähriger sei er auch erst im April das erste Rennen gelaufen.

Kimberley hatte als Pferdebesitzer nie viel Geduld aufgebracht. Aber hier lohnte es sich zuzuwarten. Was anderes hätte er auch tun sollen. Elisabeth und seine Tochter waren einerseits über den Entscheid, das Pferd auf die Auktion in Newmarket zu bringen, nicht begeistert gewesen. Andererseits waren seine Ausgaben, welche er mit den Pferden verursachte, stets von Elisabeth kritisiert worden. Er fragte sich, ob er die Verkaufslimite in Newmarket nicht hätte tiefer ansetzen sollen.

Jack überlegte, ob er nach Newmarket reisen soll, um die Situation vor Ort zu beraten. Er könnte das Pferd auf eine weitere Auktion bringen und dann einen niedrigeren Reservepreis einsetzen. Er ärgerte sich darüber, dass Adrian Johnson nicht selber angerufen hatte. Natürlich hatte dieser Erfolgstrainer über 100 Cracks im Stall und eine besonders anspruchsvolle Kundschaft mit den bekanntesten Rennstallbesitzern aus der ganzen Welt. Auch wenn er dem Trainer in Newmarket nur kurz die Hände geschüttelt hatte, erwartete er mehr Aufmerksamkeit. Bob Melon war telefonisch jede Minute erreichbar gewesen. Anderseits war bekannt, dass Johnson die ihm anvertrauten Pferde nur Rennen laufen liess, wenn sie eine Siegeschance hatten. Entsprechend hoch war denn auch die Erfolgsquote im Verhältnis zu den Starts. Diese Überlegungen beruhigten Jack. Geduld war gefragt.

48 Traurige Nachricht

Séverine Marlin war überrascht, als ihr Handy läutete und auf dem Display *Hannes Lehr* stand. Als sie kurz vor Weihnachten von Bantry zusammen mit den beiden Pferden weggefahren war, hatte sie ihm eine Nachricht hinterlassen, es sei alles gut über die Bühne gegangen. Hannes hatte ihr eine Kurznachricht geschickt, als er gleichentags vom Flughafen Cork zurückgekehrt war, hatte sich für ihre Ferienablösung bedankt und bedauert, dass sie sich diesmal nicht persönlich begegnet waren. Und nun der überraschende Anruf:

„Séverine, ich habe dir eine traurige Nachricht" begann Hannes Lehr. „Man hat Jim am Meeresufer von Bantry tot aufgefunden. Vermutlich ist er ertrunken. Es ist makaber, aber seine Leiche wurde dort entdeckt, wo der Friedhof von Bantry liegt und sich *The Spirit of Love* befindet, das Memorial für die in der Bucht von Bantry Ertrunkenen. Vermutlich wurde er dort von der Flut an den Strand geschwemmt. Die Polizei untersucht nun, ob er eines natürlichen Todes gestorben oder ob er einem Verbrechen zum Opfer gefallen ist. Ein Verbrechen kann ich mir allerdings nicht vorstellen. Er hat ja nie jemandem etwas zuleide getan."

Séverine war zunächst sprachlos. „Das ist für mich auch ein Schock. Er war immer so hilfsbereit und liebenswürdig. Das kann nur ein Unfall sein. Oder eine Herzschwäche bei einem Abendspaziergang."

Hannes ergänzte: „Wir wissen inzwischen, dass er am Abend, bevor man ihn gefunden hat, im Murphys war. Er sei schon angeheitert erschienen und habe dann einige Bier getrunken. Er habe wieder von zwei Pferden geschwafelt. Eine Geschichte mit zwei gleich aussehenden Hengsten, die er in diesem Pub seit Weihnachten schon mehrmals aufgetischt habe. Der Barkeeper zweifelt daran, dass er in letzter Zeit noch alle Tassen im Schrank gehabt hat. Jim habe oft in seinem Suff wirres Zeugs erzählt, wie nun auch die Story mit den beiden Hengsten. Es tut mir sehr leid. Er war ja alleinstehend. Seine Schwester, welche in Mallow wohnt, klärt nun ab, wann und wie wir eine Abdankungsfeier durchführen können. Die Polizei muss zuerst die Untersuchung abschliessen."

Der Anruf machte Séverine betroffen und nachdenklich.

Zwei Tage später erhielt Séverine eine SMS mit folgendem Inhalt:

„Die ersten Untersuchungen über den Tod von Jim haben ergeben, dass er zusammengeschlagen worden war und einen Schädelbruch erlitten hatte, bevor er im Meer ertrank. Die Polizei versucht herauszufinden, wer ein Motiv gehabt haben könnte, Jim zu beseitigen. Ich konnte keine Anhaltspunkte liefern. Für mich ist die Sache schwierig zu verdauen und ein Rätsel. Gruss, Hannes"

49 Erstes Rennen von Rocket

Das Telefongespräch mit dem Assistenztrainer von Johnson liess Jack Kimberley keine Ruhe. Nachdem er zehn weitere Tage keine Information mehr erhalten hatte, bestand er auf einer persönlichen Besprechung mit dem Trainer, wenn auch nur telefonisch. Kimberley gab seiner Ungeduld unmissverständlich Ausdruck. Schliesslich willigte Johnson ein, den Hengst so bald als möglich in einem Rennen laufen zu lassen, in dem *Rocket* als Jahresdebütant nicht auf allzu starke Gegner traf. „Es ist nicht einfach, ein solches Rennen mit passender Distanz zu finden", ergänzte Johnson. „Die hohe

Gewinnsumme im letzten Jahr und das relativ hohe Handicap von *Rocket* bedeuten, dass er gegen gute Klasse laufen muss. Bisher hat er im Training eindeutig nicht überzeugt. Aber wir wollen sehen, was möglich ist. Meine Pferde laufen eigentlich nur, wenn sie auch eine echte Chance haben. Daher zählen sie auch praktisch immer zu den Favoriten."

Zwei Wochen später startete *Rocket* in Wolverhampton im Betway Casino Handicap, einem Flachrennen über 1 ½ Meilen. Neu für *Rocket* war, dass das Rennen bei Flutlicht und auf Sand ausgetragen wurde. Bisher war der Hengst immer nur bei Tag und auf Grasbahn zum Renneinsatz gekommen. Aber als Gradmesser für Leistung und Formstand konnte das Rennen dienen.

Kimberley reiste nicht nach England, um vor Ort dem Rennen beiwohnen zu können. Er verzichtete auch darauf, beim Buchmacher in Kildare das Rennen anzusehen, wo er üblicherweise in Kollegenkreisen Pferde- und Hunderennen verfolgte. Er fuhr zu einem Buchmacher nach Maynooth und hoffte, dort unerkannt zu bleiben, für den Fall, dass *Rocket* enttäuschte. Den Hohn seiner Neider wollte er sich ersparen.

Rocket startete als Favorit, obschon er Jahresdebütant war. Er kam mit Verzögerung und als Letzter aus den Startboxen. Er hatte von Anfang an Mühe, das von Beginn an verhältnismässig hohe Tempo mitzuhalten. Sein Abstand zum Führenden des lang gezogenen Feldes von zehn Pferden wurde zwar nicht grösser, aber es gelang *Rocket* auch in der Einlaufgeraden nicht, Boden gutzumachen. Sein Rückstand zum Sieger blieb so gross, dass er nicht einmal mehr auf dem Bildschirm zu erkennen war, als der Sieger das Ziel passierte. Enttäuscht und verbittert verliess Kimberley das Lokal.

Wie versprochen meldete sich Trainer Johnson zehn Minuten später telefonisch: „Das Pferd war Letzter und lief lustlos. Immerhin, er trabte gut aus und dürfte gesund geblieben sein. Ob ihm der ungewohnte Boden nicht gepasst hat, kann ich nicht beurteilen. Der Reiter hat ihn weisungsgemäss im Finish nicht stark gefordert, als er realisierte, dass Rocket keine Chance auf eine Platzierung hat. Ich hoffe, dass das Rennen ihm nach der langen Rennpause gut getan hat und er in den nächsten Tagen spritziger wird.“

Die Hoffnung stirbt zuletzt: Kimberley zählte für sich auf dem Heimweg die Gründe auf, welche für das schlechte Resultat verantwortlich waren: Jahresdebütant, der ungewohnte Boden, Flutlicht, der schlechte Start, die Renntaktik. Bisher war *Rocket* immer als einer der Ersten aus der Startboxe gekommen und in der Spitzengruppe galoppiert.

50 Last Loser vor dem zweiten Start

Andi Bucher hatte sich vorgenommen, den zweiten Start von *Last Loser* vor Ort zu erleben. Das Pferd lief in Paris-Longchamps in einem Quinté, also in einem Rennen, das für die Pferdewetten besonders attraktiv war. Trotz dem überraschenden Sieg vor drei Wochen zählte *Last Loser* wieder zu den Aussenseitern. Er traf dieses Mal auf wesentlich stärkere Gegner. Bucher wusste nicht so recht, weshalb der Trainer das Pferd in einem derart schweren Rennen genannt hatte und nun laufen liess. Vielleicht hatte ihn seine Geschäftspartnerin Marlin dazu verleitet. Dass sie nicht abgeneigt war, selber eine Wette zu tätigen, hatte er im Telefongespräch am Tag nach dem ersten Sieg realisiert.

Bucher kam es entgegen, dass das Rennen in Paris stattfand. So konnte er sein Vorhaben verwirklichen, einen lange hinausgeschobenen Besuch im schweizerischen Porrentruy nachzuholen, um dann mit dem Auto nach Belfort zu fahren und dort den TGV zu besteigen.

Bucher nahm sich am Pariser Gare de Lyon ein Taxi, um zu seinem Hotel an der Faubourg Saint-Honoré zu gelangen. Er kannte das Hotel nicht, er hatte es im Internet ausgesucht. Mit der Faubourg

Saint-Honoré verbanden ihn amüsante Erinnerungen aus der Zeit, als er Student war.

Mit dem Wetter hatte er dieses Mal kein Glück. Der Himmel war wolkenverhangen, es nieselte und es war sehr kühl. Wie er vom Taxifahrer erfuhr, hatte es am Tag davor und die ganze Nacht hindurch fast ununterbrochen geregnet. Grosse Wasserlachen und Pfützen füllten die Unebenheiten der Strassen. Die Spaziergänger drückten sich an die Häuserfassaden, um den von den Autos verursachten Wasserfontänen auszuweichen. Von den Balkonrändern und Vordächern fielen schwere Tropfen auf die Trottoirs.

Vom Hotel spazierte Bucher zur Porte Maillot. Dort bestieg er einen Bus, der ihn zum Haupteingang der Rennbahn Longchamps brachte. Bei besserem Wetter hätte er sich Zeit genommen, zu Fuss durch den Bois de Boulogne zu wandern.

Wegen der misslichen Witterung fanden sich auf dem Rennplatz nicht viele Zuschauer ein. Die Verkäufer des Paris-Turf am Haupteingang duckten sich unter die kleinen Vordächer der nichtbedienten Kassenschalter und verharrten stumm hinter ihren Zeitungsstapeln. Heute kauften nur Eingeweihte die Fachzeitung. Und diese wussten, wo die Verkäufer zu finden waren.

Die Tribünen waren für einmal fast leer. Wer wetten wollte, bevorzugte bei diesem garstigen Wetter die gemütlicheren PMU-Lokale, welche überall in der Stadt zu finden waren. Wer sich dennoch auf die Rennbahn gewagt hatte, drückte sich in die Wetthallen unter den Tribünen. Man konnte die Rennen auch dort an Bildschirmen verfolgen.

Der geringe Zuschaueraufmarsch hatte den Vorteil, dass Bucher nicht anstehen musste, um ein Bier und einen Hotdog zu kaufen. Auf den Bildschirmen im Wettlokal waren schon die Pferde vom ersten Rennen zu sehen. Mit Regendecken versehen drehten sie mit ihren Pferdeführern im Schritt ihre Runden im Führring. *Last Loser* lief erst im vierten Rennen, Bucher hatte daher noch Zeit, um an der Wärme die geheimnisvolle Atmosphäre des unmittelbar bevorstehenden Renntages zu spüren. Zudem hatte er sich in der Wetthalle mit Sandra Keller verabredet. Auch Sandra scheute Zeit und Geld nicht, um wenigstens das zweite Rennen von *Last Loser* nach dem Besitzerwechsel und der Rennpause mitzuerleben.

Andi Bucher war aufgeregt. Wie er das immer war, wenn ein Pferd, an dem er beteiligt war, ein Rennen lief. Jetzt aber war er besonders nervös. Von Pierre Boutin, mit dem er noch vor seiner Abfahrt in Porrentruy telefoniert hatte, wusste er, dass der Trainer, Sèverine Marlin und *Last Loser* erst vor dem zweiten der insgesamt acht Rennen auf dem Renn-platz eintreffen würden. Er und Sandra hatten dadurch Zeit, sich etwas besser kennenzulernen. Sie hatten sich erst einmal, anlässlich des Ver-kaufsrennens, gesehen. Die übrigen Kontakte hat-ten sie per Telefon und per E-Mail geführt.

Sandra Keller wirkte noch burschikoser als damals in Deauville. Sie trug einen beigen Regenmantel und einen schlappen Regenhut in gleichem Farb-ton. Den Gürtel hatte sie zwar durch die Schlaufen gezogen, aber nur locker zusammengeknotet, so dass die Taille nicht zur Geltung kam. Sie trug keine Damentasche, sondern eine Umhängeta-sche, welche eher zur Ausstattung von Männern gehört.

Sandra Keller begrüsste Bucher herzlich. Ihr sanf-tes Lächeln war unverkennbar weiblich und gewin-nend. Bucher freute sich, die Beteiligte an *Last Lo-ser* wiederzusehen:

„Ich bin froh, dass ich jemand habe, der mit mir ver-folgt, wie *Last Loser* betreut wird und dem ich ver-trauen kann. Man hört viele Schweizer Rennstall-besitzer erzählen, wie sie im Ausland mit Trainern negative Erfahrungen gemacht haben. Es ist für mich wichtig, dass wir uns gut verstehen und dass wir ungezwungen miteinander kommunizieren. Ich schlage Ihnen daher vor, dass wir uns duzen. Ich bin deutlich älter, deshalb erlaube ich mir als Mann diesen Wunsch anzubringen."

Sandra war mit dem Vorschlag gerne einverstanden und bestätigte Andi, dass sie an *Last Loser* Freude habe:

„Ich bin sicher, dass es zu meinem Vorteil war, dass ich nicht mehr der Besitzergemeinschaft angehöre, die an *Last Loser* vor dem Verkaufsrennen beteiligt war. Ich habe das Gefühl, dass ich mich nicht mit allen Beteiligten verstanden hätte."

Nachdem sich Sandra beim Selbstbedienungsrestaurant einen Verveine-Tee geholt und sich wieder an den Tisch gesetzt hatte, stellte Andi die Frage:

„Bist du mit dem Unterricht und der Ausbildung zufrieden, welche du in Nantes gesucht hast?"

„Weitgehend schon", erwiderte Sandra. „Ich habe das Schwergewicht auf Naturheilpraxis gelegt und möchte erfahren, inwiefern sie auch bei Tieren angewandt werden kann. Die Auswirkung von Naturheilmitteln auf Tiere ist aussagekräftiger, weil die Tiere gegenüber der Behandlungsmethode nicht voreingenommen sind. Bei *Last Loser* hatte ich bisher keine Veranlassung, den Einsatz von Heilmitteln zu empfehlen. Er ist gesund. Aber ich habe aufgrund von Äusserungen Boutins die Überzeugung gewonnen, dass der Trainer wenn immer möglich natürliche Heilmittel bevorzugt und dass er gegenüber der Schulmedizin zurückhaltend ist."

„Ich hoffe, dass du Recht hast. Verstehe ich es aber richtig; du hast bisher dein Wissen nicht praktisch anwenden können, wenigstens nicht an Pferden?"

„So ist es auch wieder nicht. Schon als ich in der Lehre war und in Avenches im Training mitreiten konnte, konnte ich meine Überzeugung einbringen und bewirken, dass mehr Naturheilmittel verwendet wurden als anderswo. Im Moment ist es tatsächlich so, dass meine berufliche Tätigkeit etwas theorielastig ist. Ich habe aber begonnen, mich zusätzlich mit Tierkommunikation zu befassen."

„Das ist aber ein ganz heikles und umstrittenes Gebiet", entgegnete Andi, „ich kann persönlich nicht glauben, dass Menschen mit Tieren wirklich kommunizieren können. Aufgrund des Tonfalls und der Gestik kann das Tier den Menschen lesen. Aber dass wirklich eine Verständigung und ein detaillierter Austausch stattfindet, das kann ich mir nicht vorstellen."

„Ich weiss, dass die meisten Menschen nicht an die Tierkommunikation glauben. Es sind auch nur sehr wenige Menschen in der Lage dazu. Aber ich habe in Avenches etwas erlebt, das beweist, dass eine Kommunikation mit Tieren wirklich möglich ist."

„Ich bin gespannt, davon zu hören", schob Andi ein.

„Der Trainerin wurde neu eine damals dreijährige Stute ins Training gegeben. In den beiden ersten Rennen, welche sie in Avenches bestritt, verweigerte sie mit Entschiedenheit, in die Startboxe zu gehen. Der Starthelferequipe gelang es beide Male nach mehreren Minuten, die Stute doch noch in die Startboxe zu befördern, aber nur, nachdem man dem Pferd eine Kapuze über den Kopf gezogen hatte und weil vier Männer sie gemeinsam mit aller Kraft hineinschoben.

Einige Tage nach dem zweiten Vorfall fand eine Kommunikation einer Fachperson mit der Stute statt. Die Kommunikatorin, welche das Pferd eben so wenig persönlich kannte wie das Pferd die Person, fragte die Stute, weshalb sie nicht in die Startboxe gehen wolle. Die Stute antwortete, dass sie als Fohlen einen Stallbrand erlebt habe. Das sei ein schreckliches Erlebnis gewesen. Sie habe aus dem brennenden Stall zwar entkommen können. Aber wenn sie die Stangen der Startboxen sehe, dann fühle sie sich in diese schreckliche Situation versetzt und habe Angst. Die Kommunikatorin erklärte der Stute, dass sie überhaupt keine Angst zu haben brauche. Bei den Startboxen brenne nichts. Sie könne Vertrauen haben. Entscheidend war aber wohl, dass als Folge dieser Erkenntnis eine Tierhomöopathin, die auch als energetische Heilerin ausgebildet ist, die Blockade des Pferdes wegen des traumatischen Erlebnisses lösen konnte. In allen folgenden Rennen – die Stute lief in den folgenden zwei Jahren mehr als zwanzig Rennen – machte die Stute beim Betreten der Startboxen überhaupt keine Schwierigkeiten mehr. Man konnte sie von da an ohne Starthelfer in die Boxe führen; sie zögerte keinen Schritt."

„Das ist eine unglaubliche Geschichte", meinte Andi. „Ich habe schon von Pferdeflüsterern gehört, auch von Fällen, in denen ein Pferdeflüsterer bei eben diesen Startboxen, aber vor Ort, zum Einsatz kam. Wenn ich es richtig verstanden habe, war die Person, welche kommuniziert hat, nicht auf dem Rennplatz."

„Nein, überhaupt nicht. Auch die Tierhomöopathin nicht. Die Kommunikatorin – es war eine Frau – hat die Stute nie gesehen. Weder auf dem Rennplatz noch zuhause im Rennstall wurde physisch mit den Startboxen geübt. Für Personen, welche keinen Draht zur Tierkommunikation haben, ist es schwer verständlich, wie so etwas vonstattengehen kann. Aber es ist so. Ich habe die Stute vor und nach der Kommunikation erlebt. Da war kein Hokuspokus[9]

---

[9]

schweizerisch für Zauberei

dabei. Es ist aber so, dass nur sehr wenige Menschen die Kunst der Tierkommunikation beherrschen."

„Aber Missverständnisse können doch dennoch auftreten. Wenn zwischen Menschen Missverständnisse möglich sind, dann in einem Gespräch zwischen Tier und Mensch doch auch. Glaubst du nicht?"

„Ja, vermutlich schon. Ich muss es sogar annehmen. Denn wir haben in der Schule versucht, mit *Last Loser* zu kommunizieren. Ich habe die Fragen an das Pferd aufgeschrieben und unser Dozent hat diese einem uns persönlich nicht bekannten Kommunikator übermittelt. Eine meiner Fragen an Last Loser war: „Hat es dir auf der Weide gefallen?" Die vom Kommunikator uns dann übermittelte Antwort von Last Loser war: „Auf der ersten Weide nicht. Man hat mir am Hals etwas gemacht und das hat weh getan. Auf der zweiten Weide, auf die ich nach einer langen Reise kam, war es dann sehr schön." Mit dieser Antwort konnten wir überhaupt nichts anfangen. Ich war vom Experiment enttäuscht."

Andi meinte: „Meine Folgerung daraus ist, dass man schon kommunizieren kann oder vielmehr einen Kommunikator einsetzen kann. Aber ob man dann eine verlässliche Antwort erhält, steht in den Sternen geschrieben."

51 Ein grossartiger Erfolg

Andi und Sandra spazierten im Anschluss an ihr Gespräch über Tierkommunikation zu den Stallungen. Sie trafen auf den Trainer, der routinemässig die Utensilien bereitlegte, um dem Pferd vor dem Satteln den letzten Schliff zu geben. Wenig später kam *Last Loser* mit Séverine Marlin von seinem Rundgang zurück, den man den Pferden nach dem Transport in der Regel gewährte. Während der Trainer in die Reitergarderobe ging, um vom Jockey den Sattel zu übernehmen und sich dabei von Sandra begleiten liess, nahm Bucher die Gelegenheit wahr, mit Séverine Marlin Erinnerungen an ihren Abend in Avranches auszutauschen. Seine Hoffnung erfüllte sich, so sein Gefühl, dass diese Stunden auch für die Französin unvergesslich gewesen waren und sich das Vertrauensverhältnis vertieft hatte.

Mit der Rückkehr Boutins begann die routinemässige Endvorbereitung des Rennpferdes. Man sah, dass beim Satteln jeder Griff eingespielt war. Boutin liess sich von einem Kollegen helfen, während Séverine vor dem Pferd stand und sicherstellte, dass der Hengst möglichst ruhig blieb. Die Lage von Satteldecke, Schabracke, Sattel und Gurten musste auf den Zentimeter genau stimmen, um einerseits einen Satteldruck zu vermeiden und andererseits sicherzustellen, dass der Sattel während dem Rennen nicht rutscht.

Nachdem *Last Loser* zum Abschluss der Vorbereitungen eine Regendecke mit einer zusätzlichen Gurte aufgelegt erhalten hatte, führte Séverine Marlin ihn wieder auf einen Spaziergang. Sie wollte und musste die Zeit überbrücken, bis das Pferd den Führring betreten musste. Als es schliesslich so weit war, warteten im Führring bereits Boutin, Bucher und Sandra Keller auf den Jockey. Sandra hatte vor dem Verlassen des Wettlokals ihre Sympathiewette auf *Last Loser* getätigt, dieses Mal aber den Einsatz merklich erhöht, obschon *Last Loser* krasser Aussenseiter war. Sie wettete ihren ganzen Gewinn aus dem ersten Rennen. Bucher verzichtete wie gewohnt aus Prinzip darauf, auf das eigene Pferd zu setzen.

Wie üblich war es die Aufgabe und die Kompetenz des Trainers, dem Reiter die Orders für das Rennen zu erteilen. Der Auftrag Boutins an den Jockey war, dem Pferd im hinteren Teil des Feldes ein ruhiges Rennen zu geben, ohne den Anschluss an die vorderen Pferde zu verlieren, um dann ausgangs des Einlaufbogens den Platz zu verbessern und im Einlauf anzugreifen. Als die Trainer der 16 Teilnehmer aufgefordert wurden, die Jockeys in die Sättel zu heben, verliessen Andi Bucher und

Sandra Keller rechtzeitig den Führring, um sich einen guten Platz auf der Besitzertribüne zu sichern.

Wie beim ersten Rennen unter den neuen Rennfarben kam *Last Loser* gut aus der Startboxe, wurde vom Reiter jedoch sofort an die Innenrails[10] auf eine der hinteren Positionen zurückgenommen. Bucher verfolgte das Rennen mit dem Feldstecher. Es war zu erkennen, dass *Last Loser* ruhig und mit guter Aktion galoppierte. Offensichtlich war *Last Loser* kein schwierig zu reitendes Pferd. Die Positionen der Pferde veränderten sich bis in den Einlaufbogen nicht. Zwei Pferde, die hinter *Last Loser* lagen, verbesserten nun ihre Positionen, indem sie sich aussen an *Last Loser* vorbeischoben. *Last Loser* fiel dadurch, an den Rails liegend, vorübergehend auf den letzten Platz. Ausgangs des Bogens begann sein Jockey, *Last Loser* in einen höheren Rhythmus zu versetzen. Der Hengst fand eine Lücke zwischen zwei Pferden und machte schnell Boden gut. Schon 200 Meter vor dem Ziel erreichte *Last Loser* das führende Trio. Er musste vom Reiter ganz nach aussen genommen werden, weil die drei vor ihm liegenden Pferde Gurte an Gurte nebenei-

---

10

Innere Abschrankung der Rennstrecke

nander galoppierten. Aussen angelangt beschleunigte *Last Loser* wie ein Turbo. Er schoss an die Spitze und gewann leicht mit zwei Längen.

Andi und Sandra lagen sich in den Armen. Es war unfassbar. Während *Last Loser* auf der Bahn wendete und zum Bahnausgang zurückgaloppierte, rannten Andi und Sandra die Treppe hinunter, wo sie endlich den Trainer trafen. Boutin strahlte:

„Ich gratuliere den Besitzern. Der Hengst lief hervorragend. Aber man darf eingestehen, dass der Jockey ihn auch gut und zwar genau nach meinen Orders geritten hat."

Bucher war ausser sich vor Freude. Zwei Rennen, zwei Siege. Das hatte er sich nicht träumen lassen. Auch Sandra Keller war stolz und glücklich. Sie bewunderte den schönen und schnellen Hengst. Und mit ihrer Wette gewann sie mehr als 2000 Euro. Was wollte sie mehr!

Überglücklich über die zweite grossartige Leistung seines Pferdes lud Bucher das Trainerpaar und die Mitbesitzerin zum Nachtessen ein. Dass Boutin die Einladung ausschlagen würde, hatte er vermutet. Boutin wollte den langen Heimweg möglichst bei Tageslicht fahren und in jedem Fall am Morgen früh im Stall sein. Auch Sandra Keller wollte schon am frühen Abend den Zug nach Nantes besteigen. Madame Marlin hingegen war von der Einladung begeistert. „Ich übernachte in Paris, weil ich morgen früh eine Besprechung habe. Sehr gerne bin ich dabei."

52 Hamer im Ritz

Sjörs Hamer hatte Séverine Marlin dafür gewinnen können, mit ihm im Ritz die Nacht zu verbringen. Das Ritz hatte er nicht gewählt, weil er nur in einem der besten Pariser Hotels absteigen wollte, sondern weil er mit dem irischen Buchmacher vereinbart hatte, dort in der Eingangshalle den zweiten Teil ihrer Vereinbarung abzuwickeln.

Hamer hatte damit gerechnet, mit Séverine das Abendessen einzunehmen. Als sie ihm aber darlegte, dass sie aus geschäftlichen Gründen die Einladung des Besitzers von *Last Loser* nicht ausschlagen konnte, gab er sich schnell geschlagen. Als Geschäftsmann wusste er sehr gut, dass für Séverine zu viel auf dem Spiel gestanden hätte, wenn sie Bucher einen Korb gegeben hätte.

Eigentlich kam es Hamer gelegen, dass Séverine am Abend nicht anwesend war. Er konnte so unbehelligt den geschäftlichen Teil mit dem Buchmacher erledigen. Eine erste Zahlung für die Informationen, die er geliefert hatte, war auf seinem Bankkonto mit dem mündlich vereinbarten, bewusst irreführenden Vermerk „Pferdekauf" bereits gutgeschrieben worden. Die zweite und die dritte Tranche waren als Barzahlungen verabredet. Er hatte dem ihm seit geraumer Zeit bekannten und versierten Buchmacher aufgrund seiner beruflichen Tätigkeit schon einige Tipps geben können. Bisher war es so, dass ihn der Kollege korrekt entschädigte, wenn der Tipp zum Erfolg geführt hatte. Nun hatte er ihm erstmals zu einem sehr einträglichen Geschäft verholfen. In diesem Fall hatten sie einen Deal ausgehandelt und diesen in wenigen Sätzen handschriftlich festgehalten. Das Papier hatten sie zur Aufbewahrung einer gemeinsamen Vertrauensperson geschickt, welche auf der Insel Guernsey lebte.

Der Buchmacher kam mit etwas Verspätung. Hamer realisierte, dass der Ire Gründe suchte, um aus dem Deal auszusteigen. Er gab vor, seinen Profit nicht in der erwarteten Höhe gemacht zu haben. Das war unwahrscheinlich, aber er behauptete es. Schliesslich brachte Hamer seinen Gast soweit, für das Abendessen zu bleiben. In fröhlicher und gediegener Atmosphäre liess sich der Ire dann doch noch dazu bewegen, Hamer die zweite Tranche in der vereinbarten Höhe zu übergeben. Als Hamer zu

Bett ging, war er noch nüchtern genug, die Noten-
bündel im Tresor des Zimmers in Sicherheit zu bringen. Dann nahm er in der Erwartung der baldigen
Rückkehr von Séverine ein Bad, legte sich ins Bett
und schlief ein.

53 Am Abend

Bucher liess sich nicht anmerken, dass er sich insgeheim ein Tête-à-tête mit Madame Marlin erhofft
hatte. Den schönen Abend in Avranches hatte er
nur zu gut in Erinnerung. Im Guide Michelin fand er
das passende Restaurant. Teure Lokale waren
nicht sein Ding, aber es musste gut und gemütlich
sein.

Bucher war etwas früher als verabredet im Bistrot
des Sommeliers. Er setzte sich so, dass er den Eingang im Blick hatte.

Erneut überraschte ihn Madame Marlin, als sie das
Lokal betrat und beim Empfang stehenblieb. Dieses Mal mit einer verführerischen Aufmachung, in
einem eleganten hellen Jumpsuit. Der Anzug liess
sie sportlich, frech und noch jünger erscheinen als
bisher. Niemand konnte erahnen, dass diese Frau

einen grossen Teil ihres Tages in Pferdeställen verbrachte. Etwas Glitzer funkelte auf ihrer sanften, hellen Haut. Die schönen mahagonibraunen Augen strahlten, der Mund zeichnete ein bezauberndes Lächeln, das dunkelbraune, leicht glänzende Haar fiel auf wohlproportionierte Schultern und den augenfälligen Busen.

Madame Marlin entschuldigte sich für die Verspätung, welche in Wahrheit völlig unbedeutend und vermutlich auch beabsichtigt war: „Ich habe noch mit dem Futtermeister telefoniert und ihm vom Sieg erzählt. Natürlich hat er das Rennen am Bildschirm von Equidia mitverfolgt. Aber man sieht ja im Fernseher nicht immer alles."

Bucher schätzte sich glücklich, in Auteuil gewissermassen per Zufall diese Bekanntschaft gemacht zu haben. Nicht nur, weil sie ihn auf die Möglichkeit aufmerksam gemacht hatte, *Last Loser* zu ersteigern. Der Charme dieser Frau hatte ihm in den letzten Wochen keine Ruhe gelassen. Und der Anblick der Französin übertraf wiederum alle bereits hoch gesetzten Erwartungen. Bucher gab sich Mühe, seine Augen nicht auf den leicht entblössten Busen zu senken.

Beim Apéro stiessen Andi und Séverine auf das Du an. Séverine kam auf die Pferde zu sprechen: „*Last Loser* ist nicht nur schnell, sondern auch völlig unkompliziert. Er ist auch nicht hengstig, sondern verhält sich absolut normal. Ich glaube er kann noch mehr, als er gezeigt hat."

Das Thema Pferde wich bald einem vertraulichen Gespräch. Séverine erzählte offenherzig aus ihrem Leben und von ihren Männerbekanntschaften. Sie liess durchblicken, dass ihre Liaison mit Pierre Boutin immer eine berufliche Basis hatte.

„Anfänglich gefiel er mir auch als Mann. Aber er ist bisexuell veranlagt. Das hat zu einer Distanz geführt. Und das ist gut so. Wir verstehen uns nun sehr gut."

Séverine zeigte sich aber auch sehr interessiert und fand bei Andi Vertrauen. Jedenfalls war es nicht nur der Wein, welcher Andi animierte, auch aus seinem Leben einige besondere Erlebnisse Preis zu geben:

„Ich war etwa fünfzig Jahre alt, als ich mit einer Mitarbeiterin eine kurze Affäre hatte. Meine Ehe durchschritt damals eine ernsthafte Krise, wie dies in diesem Alter nicht selten ist. Aus der Krise gingen meine Ehefrau und ich gestärkt hervor. Wir gewähren uns seitdem gegenseitig mehr Freiraum, ohne dies auszunützen. Wenn auch die Ehe etwas eintönig geworden ist, haben meine Frau und ich eingesehen, dass es sich nicht lohnt, die Ehe aufs Spiel zu setzen."

Und Bucher sagte zu sich, dass er die prickelnde Bekanntschaft mit Séverine daher auf kleiner Flamme weiterpflegen werde. Die rote Linie wollte er nicht überschreiten und die Beziehung zu ihr auf freundschaftlicher und geschäftlicher Basis weiterführen.

Nach dem Kaffee beschlossen Andi und Séverine, einen Verdauungsspaziergang durch die Boulevard Haussmann zu machen, bevor sie sich trennten. Andi erinnerte sich dabei an ein Erlebnis in Paris, das ihn animiert hatte, ein Hotel in der Faubourg Saint-Honoré auszuwählen:

„Ich war als junger Mann im Vorstand eines Schweizer Sportverbandes und vertrat den Schweizer Verband an der Jahresversammlung des europäischen. Diese fand in Paris statt. Wir Delegierte waren in einem noblen Hotel in der Faubourg Saint-Honoré einquartiert, weil dieses in der Nähe des Verbandssitzes lag. Ich wollte jetzt eigentlich in diesem Hotel übernachten. Aber anscheinend gibt es dieses Hotel nicht mehr."

„Was Besonderes ereignete sich?", fragte Séverine.

„Nach dem gemeinsamen Nachtessen sassen wir alle an der Bar. Da fiel mir auf, dass der eine oder andere für längere Zeit weg war. Dann realisierte ich, dass in der Lobby eine Edeldirne sass, mit der offensichtlich einzelne der Delegierten ihre Unterhaltung genossen. Am nächsten Morgen, als ich aufstand und ich mich waschen wollte, floss im Zimmer kein Wasser. Ich erkundigte mich bei der Récéption und erhielt die Antwort, dass es im ganzen Hotel noch kein Wasser habe, es jedoch nur noch 10 oder 15 Minuten dauere, bis der Schaden behoben sei. Das traf dann auch zu. Wie sich später herausstellte, hatte am frühen Morgen die Administration die Hauptleitung zugedreht, nachdem aus der Decke eines Zimmers Wasser getropft war. Man stellte dann fest, dass der Gast des oberen Zimmers eingeschlafen war, nachdem ihn die Hoteldirne befriedigt und für ihn den Wasserhahn für das Bad geöffnet hatte, bevor sie das Zimmer verliess. Beim Gast handelte es sich den Gerüchten zufolge um einen alten Mann, der als General in der spanischen Armee Franco gedient hatte."

„Das ist eine amüsante Geschichte" entgegnete Séverine. „Und du, bist du nach dem Stelldichein auch eingeschlafen?"

„Ich war zu schüchtern, um mich auf das Zimmer begleiten zu lassen. Zudem hätte mich das Geld gereut, sofern ich es überhaupt gehabt hätte" war Andis Antwort.

Nach einer Weile fragte Séverine mit einem verführerischen Lächeln: „Und, bist du jetzt immer noch zu schüchtern?"

54 Séverine mit Hamer

Vermutlich kaum zwei Stunden, nachdem Andi und Séverine eingeschlafen waren, erwachte Séverine. Sofort wurde ihr bewusst, dass sie zu Hamer zurückkehren musste, auch wenn sie darauf gerne verzichtet hätte. Aber mit Hamer verband sie ein Geheimnis. Es wäre fatal gewesen, wenn sie den Holländer jetzt sitzen lassen würde. Sie kleidete sich schnell und geräuschlos an und verliess das Zimmer. Sie konnte das Hotel durch einen Nebeneingang verlassen und auf der Faubourg Saint-Honoré ein Taxi anhalten, um zum Ritz zu gelangen.

Séverine bereute es, die Offerte von Sjörs Hamer angenommen zu haben, zusammen im Ritz ein Zimmer zu beziehen und gemeinsam eine Nacht zu verbringen, obschon Sjörs die Kosten übernahm. Auf leisen Sohlen betrat Séverine das Hotelzimmer. Die Liebesnacht mit Andi spielte sich immer noch vor ihren Augen ab. Sie konnte sich nicht erinnern, mit einem ihrer diversen Liebhaber ähnlich berauschende Stunden erlebt zu haben. Sie gestand sich ein, sich spätestens in Avranches in Andi Bucher verliebt zu haben. Eigentlich war er ein eher trockener Typ, ohne Glamour und hochtrabende Ideen. Es waren vermutlich die Offenheit, die Ehrlichkeit, die Verlässlichkeit und die Intelligenz, die er ausstrahlte, welche sie faszinierten. Die Zurückhaltung, welche er zeigte, und der Respekt, welchen er ihr als offensichtlich erfolgreicher Manager entgegenbrachte, berührten sie.

Wie erhofft schlief Sjörs tief, als sie sich entkleidete. Noch immer berauscht von den Erlebnissen mit Andi kam sie sich verräterisch vor, als sie sich unter die Decke neben Sjörs legte. Ihr war klar, dass Sjörs Sex erwartet hatte. Weil der Holländer an sich trotz seines Alters eine sportliche Figur hatte und auf sie auch einen gewissen Reiz ausstrahlte, hatte sie ihm aufgrund der Umstände zugesagt, Liebesdienste zu erweisen. Jetzt aber musste sie sich überwinden.

Séverine hatte doppeltes Glück. Hamer schlief tief und erwachte nicht. Früh am Morgen weckte das Handy von Hamer den Tierarzt. Der gesundheitliche Zustand eines von ihm zwei Tage zuvor behandelten Pferdes hatte sich massiv verschlechtert. Hamer wurde in der Folge von seinen beruflichen Verpflichtungen so sehr in Beschlag genommen, dass Séverine sich im Umkleideraum und im Badezimmer unbehelligt für das Frühstück bereit machen konnte.

55 Bob lädt ein

Für Mary war es aussergewöhnlich, dass Bob sie animierte auszugehen, um im White Horse das Abendessen einzunehmen. Mary hatte schon realisiert, dass Bob mit einer gewissen Genugtuung vom schlechten Saisonstart des Hengstes *Rocket* in England erzählte. Der Verlust seines besten Pferdes hinterliess bei Bob Spuren. Mary glaubte bei Bob nicht nur Trauer, sondern auch eine gewisse Resignation zu spüren. Dafür hatte sie Verständnis. Bob hatte in der neuen Rennsaison noch keine Erfolge zu verzeichnen. Zum Glück verdiente sie selber so viel, dass sie und Bob sich einen einfachen Lebensstil finanzieren konnten. Mary war keine Frau, welche von ihrem Ehemann Erfolg erwartete. Sie schätzte seinen Charakter, vor allem dass er nicht prahlte, sondern die Situation stets realistisch einschätzte und das Beste daraus machte.

Bob war nie Glücksspielen verfallen. Auch Pferdewetten hatten in seinem Leben, ganz im Gegensatz zu vielen Berufskollegen, nie eine wesentliche Rolle gespielt. Umso mehr erstaunte es Mary, als Bob vor einigen Wochen erzählte, beim Wetten eines in Frankreich gelaufenen Pferdes über 2000 Pfund gewonnen zu haben. „Ich habe von einem Freund einen heissen Typ erhalten, ihn befolgt und mit wenig Einsatz gut verdient" sagte er damals.

Und nun also wollte er zu einem Festessen aufbrechen.

„Wir haben doch heute weder Geburtstag noch Hochzeitstag", sagte Mary. „Weshalb denn feiern?"

Bob antwortete umgehend und stolz: „Ich habe beim Wetten wieder gewonnen. Ich habe auf dasselbe Pferd gesetzt wie vor drei Wochen. Ich habe die vor drei Wochen gewonnenen 2000 Pfund eingesetzt und den Gewinn damit auf mehr als 40'000 Pfund erhöht. Das ist doch ein Fest wert."

Mary war es nicht geheuer. Sie genoss das Essen nur halbherzig. Aber sie wollte nicht Spielverderberin sein. Niemandem gönnte sie mehr Erfolg als Bob, auch wenn es sich nur um einen Wetterfolg handelte.

56 Am Morgen

Als Andi erwachte, drang bereits das Tageslicht ins Hotelzimmer. Er lag alleine im Grand Lit und fragte sich, ob er geträumt hatte, einen wunderbaren Traum mit Séverine. Er sah diese wunderschöne Frau nackt vor sich, wie sie sich auf ihm bewegte, kreisend, dann auf und ab und wie ihr voller Busen die wechselnden Bewegungen gegenläufig mitging. Wässrige dunkelbraune Augen, lustvolle Gesichtszüge, immer wieder aus dem halb geöffneten lieblichen Mund das Stöhnen. Nur schon der Gedanke an diesen wunderbaren Traum versetzte ihn wieder in Trance. War es ein Traum oder war es Wirklichkeit gewesen? Das zerknitterte Kissen neben ihm deutete an, dass es Wirklichkeit gewesen sein könnte. Es dauerte geraume Zeit, bis Andi alle seine Erlebnisse seit dem Verlassen des Bistros in Erinnerung rufen konnte: Der Spaziergang auf den Champs-Elysées, der stillschweigende Beschluss, gemeinsam sein Hotelzimmer aufzusuchen, die ersten intensiven Küsse, welche immer wilder wurden. Wie sie sich schliesslich die Kleider von den Leibern rissen, die weiche Haut von Séverine, ihr Parfüm. Unglaublich.

Andi sinnierte, wo Séverine nun sein könnte. Stimmt, sie sagte, als sie zusammen das Hotel betraten, sie habe am frühen Morgen eine geschäftliche Verabredung. Was er auch immer überlegte, stets trat die nackte, schöne und erregte Frau verschwommen vor seine Augen.

Bucher raffte sich schliesslich zum Duschen auf. Er drehte zwischendurch auf kaltes Wasser, um sich zu vergewissern, dass alles wirklich kein Traum war. Vor dem Frühstück kaufte er sich im Laden auf der anderen Strassenseite des Hotels den *Paris-*

Turf. Auch der Sieg von *Last Loser* war kein Traum. Er fand in der Zeitung sogar ein Bild, das den Aussenseitersieg dokumentierte.

Bucher hatte seine Frau bereits kurze Zeit nach dem Sieg angerufen, um den Erfolg zu verkünden. Obschon Vera am Pferderennsport nach wie vor wenig Gefallen fand, freute sie sich unverkennbar und wünschte ihm eine schöne Siegesfeier. „Ich habe heute Abend ein Treffen mit Musikerkollegen, denke aber an dich" sagte sie zum Abschied, „wir sehen uns dann morgen Abend. Vielleicht bin ich dann schon im Bett, wenn du kommst." Nun war Bucher froh, nicht anrufen zu müssen. So kurz nach der Liebesnacht mit Séverine hätte sie an seiner Stimme womöglich erahnen können, dass etwas vorgefallen war. Vera war eine sehr sensible Frau. Sie hörte manchmal die Flöhe husten.

Bucher fühlte sich im siebten Himmel. Nicht nur wegen dieser faszinierenden Frau. Auch wegen *Last Loser*. Es war unglaublich. Er hatte alle Lügen gestraft. Die Kollegen, welche ihn immer belächelt hatten, weil er so billige Pferde kaufte. Und jetzt hatte er ein Rennpferd gekauft, das aufgrund der Leistung in Longchamp in der Schweiz sogar das grösste Flachrennen, den Grand Prix Jockey Club in Dielsdorf, gewinnen konnte. Trainer Boutin hatte nach dem Sieg erwähnt, dass er *Last Loser* als nächstes in einem Listenrennen laufen lassen wolle. Würde er sich auch in dieser Klasse bewähren oder sogar durchsetzen, dann war ein Start im Juni im Hauptereignis des Frühjahrsmeetings von Baden-Baden möglich. Welch eine Klatsche ins Gesicht seiner Spötter im PMU-Bistro der Dielsdorfer Pferderennbahn !

57 Andi wandert durch Paris

Andi Bucher liebte es, zu Fuss durch das Zentrum einer lebendigen und interessanten Stadt wie Paris zu wandern. Nachdem er seine Hotelrechnung bezahlt hatte, schlenderte er beschwingt von den nächtlichen Erlebnissen und guter Laune die Rue Balsac hinauf und dann hinunter zu den Champs Elysèes. Immer wieder musste er den kleinen Rollkoffer über Pflastersteine oder Lücken im Teer ziehen. Schwieriger war es, den Hinterlassenschaften der Hunde auszuweichen. Die Franzosen sind zwar als Tierliebhaber bekannt. Aber mit der Hundetüte haben sie sich bis heute nicht befreunden können.

Andi hatte Zeit. Der TGV verliess den Gare de Lyon erst kurz nach Mittag. Er bewunderte einmal mehr die fünf- bis siebenstöckigen Jugendstilhäuser mit

ihren so typischen schmiedeeisernen Balkongelän-
dern. Geländer, die nur Balkone andeuten und in
die Terminologie der Architektur als französischer
Balkon Eingang gefunden haben. Oder langgezo-
gene Balkone, die als Schmuck oder im besten Fall
für Blumenkisten dienen. Als er die Champs
Elysées hinab schlenderte und sein Blick auf die
Place de la Concorde fiel, spürte er einmal mehr
die beeindruckende Grösse dieser Stadt. Im Jardin
beim Theater Marigny blühten die letzten Osterglo-
cken und vor allem Tulpen. Es war noch so früh am
Morgen, dass erst wenige Kinder im Park spielten.
Sie waren in Paris offensichtlich in den Ferien und
von den Eltern begleitet. Und alle wegen des küh-
len Windes eingepackt in warme Jacken, Schals
und Mützen.

Dennoch: Es schien ihm so fröhlich und unbe-
schwert. Beim Place de la Concorde entschied er
sich, nicht in den Jardin des Tuileries zu gehen,
sondern am Europäischen Sitz des Automobilclubs
vorbei unter den langen und hohen Arkaden weiter
zu bummeln.

Obschon Sonnenstrahlen im noch jungen Frühling
die hellgrünen Blätter und die ersten Blüten der
Bäume besonders zur Geltung brachten, war Andi
mit seinen Gedanken bei Séverine. Erst ein weisser, nobler und grosser Lamborghini mit Genfer

Kontrollschildern vor dem Eingang zum Automobilclub riss ihn aus den Gedanken. Und dann wenig später eine junge Frau in einem roten Kleid mit Dekolleté. Sie trug ihren lammfellgefütterten Mantel unter dem Arm. Mit der hellen Haut ihrer Schultern und ihrer Beine, die zwischen dem Saum und den ebenfalls gefütterten Stiefeln hervorstachen, war sie ein Gegensatz zu den in Jacken und Mänteln verhüllten übrigen Passanten. Beim nächsten Fussgängerstreifen wurde sie durch das Rotlicht gestoppt. Andi schloss zu ihr auf. Die Rothaarige schien eine Irin zu sein. Bei den Iren sind Sonnenstrahlen bei noch so kühlem Wind schon im Frühling das Zeichen von Sommer.

Bei der Rue de Castiglione bog Andi nach links ab. Auf der prächtigen Place Vendôme setzte er sich auf einen der runden Granitsockel. Er war dabei, die lateinische Inschrift des Napoleon-Denkmals zu entziffern, als er durch zwei schrille Pfiffe aufgeschreckt wurde. Ein Concierge des Ritz winkte zwei Taxis herbei. Zwei Papparazzi zückten ihre Kameras und postierten sich vor dem Hoteleingang. Aus dem Drehkreuz des Ritz trat Hamer, der holländische Tierarzt, mit einem Koffer, hinter ihm Séverine, ebenfalls mit einem Koffer und zuletzt ein Mann in Businesskleidung. Während die Fotografen ihre Bilder schossen, verabschiedeten sich die drei Personen voneinander. Hamer und Séverine stiegen in die schwarze Taxilimousine, der Dritte in ein dunkelblaues Taxi.

Für Andi brach eine Welt zusammen. Er war wie benommen. Aber noch gefasst genug, um sich bei den Papparazzi zu erkundigen, wer der Mann im Businessanzug war.

Die Fotografen schüttelten die Köpfe und der Jüngere sagte:

„Diese Personen sind uns nicht bekannt. Aber es sind sicher Persönlichkeiten. Andernfalls würden sie nicht im *Ritz* übernachten."

Andi war etwas erstaunt und fragte: „Aber was nützen Ihnen Fotos, wenn Sie nicht wissen, um wen es sich handelt?"

Darauf der Ältere: „Vielleicht erkennt sie jemand von unserer Redaktion. Und man weiss nie, wann eine dieser Aufnahmen einen Wert erhält. Sie werden mit Datum und Zeit der Aufnahme archiviert."

58 Rocket im zweiten Rennen

Rocket lief auch in seinem zweiten Rennen unter dem Training von Adrian Johnson enttäuschend. Das Rennen fand an einem Wochentag in Newmarket statt und war als Listenrennen ausgeschrieben. Aufgrund der Leistungen im Vorjahr hätte *Rocket* zu den Favoriten zählen müssen. Wegen des enttäuschenden Abschneidens im Rennen zuvor fand *Rocket* bei den Wettern jedoch wenig Unterstützung.

Erneut sprang *Rocket* am Start schlecht ab, war dauernd im Hintertreffen und hatte keine Chance, den anwachsenden Rückstand zu den führenden Pferden zu verringern.

Kimberley verfolgte das Rennen wiederum bei einem irischen Buchmacher. Er verliess das Lokal nicht nur enttäuscht, sondern auch verärgert. Wenig später bestätigte ihm der Trainer telefonisch, dass der Hengst wiederum völlig überfordert gewesen war. Er könne sich den Grund nicht erklären, ausser, dass er auch im Training ungenügende Leistungen erbringe.

Kimberley fragte sich, ob allenfalls der alte Trainer Melon aus Rache, dass er ihm das Pferd weggenommen hatte, die Hände im Spiel hatte. Oder ob

Chris Valet, der den Hengst im Vorjahr so erfolgreich geritten hatte, der Schlüssel zum Erfolg war. Dieser Gedanke liess in Kimberley neue Hoffnung aufsteigen. Vielleicht war *Rocket* eines der seltenen Rennpferde, welche nur unter einem ganz bestimmten Reiter gute Leistungen erbringen. Kimberley beschloss, am folgenden Tag mit dem Trainer die Möglichkeit zu besprechen, für *Rocket* im nächsten Rennen Jockey Valet zu verpflichten. Falls *Rocket* das nächste Rennen gewinnen würde, lag ein Start in Royal Ascot immer noch im Bereich des Möglichen.

59 Julia will etwas verändern

In den ersten Ehejahren hatte Julia Hamer mit Sjörs häufiger Abwesenheit Mühe gehabt. Ihre Hunde, der Garten und das Klavierspielen halfen, die Einsamkeit erträglicher zu machen. Der Klavierunterricht war dann zunehmend zu einem Wochenziel geworden. Und er trug immer mehr zur Entfremdung der Ehepartner bei. Gregor war nicht erst seit dem Konzert in Kinsale für Julia die wichtigste Person geworden. Inzwischen war es so, dass Julia froh war, wenn Sjörs längere Zeit abwesend war. Seine wichtigen beruflichen Verpflichtungen in den verschiedensten Ländern Europas waren ihr immer mehr willkommen geworden.

Die mehrtägige Reise von Sjörs nach Paris nutzte Julia dieses Mal als Gelegenheit, Gregor zum Nachtessen einzuladen. Sie gab der Hausangestellten frei und liess nichts unvorbereitet, damit die Romanze mit Gregor über die Liebkosungen am Meer bei Kinsale hinausgehen konnte. Von ihrem Haus, das auf einem kleinen Hügel oberhalb von Cork lag, hatte man eine fantastische Sicht auf das Meer. Bei Sonnenuntergang entstand eine betörende Stimmung. Mit Berechnung lud sie ihren Gast auf den Zeitpunkt kurz vor dem Sonnenuntergang ein.

Schon nach dem ersten Glas Sherry lagen sich Julia und Gregor in den Armen. Gregor blieb über Nacht. Seine Finger, welche so sanft und dann wieder energisch mit den Tasten die Saiten des Klaviers in Schwingung bringen konnten, bewegten Julia mehrmals in ungewohnte Höhen.

Beim Frühstück sinnierten die beiden, wie sie ihr Leben gestalten könnten. Sjörs war ein Hindernis.

60 Andi auf dem Heimweg

Die Stimmung von Andi war an diesem frühlingshaften Morgen schlagartig umgeschlagen. Wie ein
begossener Pudel trottete er mit düsterer Miene
Richtung Bastille. War er dieser verführerischen
Frau auf den Leim gekrochen? War er völlig blind
gewesen? Schlimmer: War *Last Loser* gedopt?
Ausgerechnet dieser Mann hatte seine Hände im
Spiel, mit dem er nie und nimmer etwas zu tun haben wollte! Boutin hatte sich doch unmissverständlich negativ über Hamer geäussert. Hat auch er ihn
auf den Arm genommen?

Bucher befand sich in einem Wechselbad der Gefühle. Wenn *Last Loser* im ersten Rennen gedopt
gewesen wäre, hätte er doch wegen der Dopingprobe, welche mit Sicherheit unmittelbar nach dem
Rennen genommen worden war, längst Kenntnis
erhalten. Das konnte es doch nicht sein. Was hatte
denn Hamer hier zu tun? War es einfach nur ein
Liebhaber von Séverine? Ein weiterer Liebhaber
neben ihm? Oder war sie sogar eine Dirne? Das
konnte er nicht glauben. Das liess sich doch mit der
Betreuung von Rennpferden nicht vereinbaren.
Schon aus zeitlichen Gründen nicht. Hatte es also
doch etwas mit Doping zu

tun? Wer war der Mann, der gleichzeitig mit Hamer und Séverine aus dem Ritz kam?

Auch als Bucher im TGV nach Belfort sass, drehten sich seine Gedanken im Kreis. Die schönsten erotischen Erinnerungen wechselten ab mit dem Bild von Hamer und Séverine, wie sie zusammen das Ritz verliessen und das Taxi bestiegen. Dann die Angst davor, in einigen Tagen Mittelpunkt eines Dopingskandals zu sein! Das würde auch in der Schweizer Fachpresse Zeilen machen und womöglich von den Schweizer Tageszeitungen kommentiert werden. Er hatte sich während seiner gesamten beruflichen Karriere konsequent an die Vorschriften gehalten und sich nie durch höhere Saläre zu riskanten oder gesetzeswidrigen Handlungen verleiten lassen. Und nun die Verwicklung in einen Dopingskandal? Oder sogar in einen Wettskandal? Konnte er sich derart in einer Frau getäuscht haben? Er liess sich um den Finger wickeln! So alt war er geworden, um so plump herein zu fallen!

Beinahe vergass Bucher, in Belfort auszusteigen und sein Auto zu übernehmen. Halbwegs benommen fuhr er auf die Transjurane Richtung Biel. Um auf andere Gedanken zu kommen, schaltete er das Radio ein und hörte Musikwelle. Als er bei Delsberg vorbeifuhr, erklang das Lied „s Stiefeli muess stärbe, s'isch no so jung, jung, jung"[11].

61 Hamer zurück in Cork

Nachdem Séverine vor dem Bahnhof Montparnasse das Taxi verlassen hatte, fuhr Hamer zur BNP Paribas in Enghien-les-Bains, um den grössten Teil seines Geldes zu deponieren. Man kannte ihn auf der Bankfiliale und glaubte ihm, dass es sich um einen Wettgewinn handelte. Seine Frau wusste nichts von diesem Konto. Das war auch nicht nötig. Er stellte sich auf den Standpunkt, dass es sie nur beunruhigt hätte. Er unterliess es später auch, die restlichen 3000 Euro auf ein irisches Bankkonto einzuzahlen. Er hatte nicht selten recht viel Bargeld auf sich. Für Julia würde er notfalls eine Erklärung finden.

Auf dem Flughafen Charles de Gaulle bestieg er am späten Nachmittag die Air Lingus nach Dublin.

---

[11]

Schweizer Mundartlied: Der kleine Stiefel muss sterben. Er ist noch so jung, jung, jung.

Mit seinem BMW, den er am Flughafen Dublin stationiert hatte, fuhr er aber nicht direkt nach Hause, sondern nach Punchestown, um dort in einem ihm bekannten B&B ein Zimmer zu belegen. Am anderen Morgen untersuchte er ein erfolgreiches Militarypferd, das an einer Dreisternprüfung teilnehmen sollte, aber plötzlich lahm ging. Auf der Rückfahrt nach Cork besuchte er am Nachmittag einen weiteren Kunden in Clonmel.

Es dämmerte bereits, als Hamer den Hügel zur Villa hinauf fuhr. Es war eine klare Nacht angesagt und gutes Wetter für den nächsten Tag. Er lauerte darauf, endlich wieder seinen alten MG ausfahren zu können. Das erhabenste Gefühl war es, im offenen Oldtimer im Frühling am Meer entlang oder auf den Anhöhen durch die gelb blühenden Ginster zu rollen. Das liebte er. Und da er immer darauf achtete, in einem Notfall schnell wegzukommen, stellte er jeweils den Zweitwagen in die Garage und den „Einsatzwagen", nun also den MG, abfahrbereit unter das Vordach.

Ob es Einbildung war? Der Empfang durch Julia schien ihm weniger herzlich als auch schon. Er hatte sie von Clonmel aus angerufen, den Zeitpunkt der Rückkehr angekündigt und wie üblich gefragt, ob er vom Metzger oder von einem Take Away etwas mitbringen könne. Sie hatten sich auf ein

Hähnchen geeinigt, das Julia nun noch in den Mikrogrill legte. Besonders interessiert an seinen Erlebnissen in Paris zeigte sie sich nicht. Sjörs liess wohlweislich auch einiges aus und war froh, dass Julia nicht zu viel nachfragte. Immerhin gab wenigstens Sjörs sich interessiert und teilnehmend; er wollte wissen, wie sie die Tage verbracht hatte. Er hörte allerdings nur mit einem Ohr zu, als sie von einem sonnigen und windigen Wochenende erzählte. Bevor er ins Büro ging, um die Post durchzusehen, hörte er sie sagen: „In den letzten Nächten haben die Hunde mehrmals kräftig gebellt, als ob jemand ums Haus geschlichen wäre. Aber bei diesem Hundelärm wird kaum jemand den Mut haben einzubrechen."

Es war fast Mitternacht, als Hamer ins Schlafzimmer kam, die Decke über sich zog und einschlief.

62 Rocket vor seinem dritten Rennen

Seit Jack Kimberley seinen Hengst an den Sales von Newmarket nicht verkauft hatte, stellte er sich immer wieder vor, wie *Rocket* im Juni am Meeting von Royal Ascot gewinnen und er als Besitzer hochgejubelt würde. Jetzt oder nie, war seine Devise. Für ihn war klar, dass er für Royal Ascot Frack und Zylinder mieten würde. Die Wahrscheinlichkeit, in der Live-Übertragung von *itv* zu erscheinen, war gross und die Chance, vor laufender Kamera als siegreicher Besitzer interviewt zu werden, war intakt. Nur schon, gewissermassen auf gleicher Ebene wie die britische Königin, in der Crème des Pferderennsports den Renntag zu verbringen, war ein Erlebnis, das er sich schon lange herbeigesehnt hatte. Leider war es schwierig, seine Ehefrau für einen Anlass im Kreise des britischen Adels zu begeistern. Aber er war zuversichtlich, dass es ihm mit Royal Ascot gelingen würde.

Schon bei der ersten möglichen Gelegenheit hatte Kimberley bei Trainer Johnson den Wunsch angebracht, Royal Ascot in die Planung aufzunehmen. Nach den zwei misslungenen Rennen sandte Kimberley dem Trainer per E-Mail den Hinweis, dass Royal Ascot nach wie vor das Hauptziel sei. Trainer Johnson hatte daher die Idee, für das nächste Rennen von *Rocket* dessen vertrauten Reiter Chris Valet zu verpflichten. Würde der Hengst wieder schlecht laufen, dann fiel es ihm einfacher, dem Besitzer das Abenteuer Royal Ascot auszureden.

Weil der Jockey in Frankreich lebte und nur für wichtige Rennen nach Irland und England flog, war es dann doch nicht ganz einfach, für *Rocket* ein passendes Rennen zu finden, in dem er von Chris Valet geritten werden konnte. Nach den enttäuschenden Leistungen wollte der Trainer *Rocket* nicht in einem allzu hoch dotierten Rennen gegen zu starke Gegner laufen lassen. Er gab daher seinem Assistenztrainer den Auftrag, in den Ausschreibungen ein geeignetes Rennen zu suchen. Die Gelegenheit bot sich in einem Listenrennen in Newbury. Entsprechend hatte das Sekretariat des Trainers den Hengst als Teilnehmer gemeldet und einige Tage später die Starterangabe mit Chris Valet als Reiter gemacht.

63 Aufregung im Haus Hamer

Schon am Morgen nach seiner Rückkehr erhielt Hamer einen Anruf des ihm vertrauten Buchmachers Paddy. Seit ihrem gemeinsamen Nachtessen in Paris waren sie per Du. Die Stimme von Paddy klang reichlich nervös:

„Sjörs, hast du gesehen, dass *Rocket* am Samstag in England sein nächstes Rennen laufen und Chris Valet ihn reiten soll? Es handelt sich um denselben Reiter, welcher im letzten Jahr mit dem anderen *Rocket* mehrmals gewonnen hat und somit das

Pferd bestens kennt. Bist du sicher, dass der Jockey dir nicht auf die Schliche kommt?"

Hamer überlegte einen Augenblick. Dann sagte er:

„Nein, ich habe noch nicht realisiert, dass *Rocket* wieder läuft. Die beiden Pferde sind sich zum Verwechseln ähnlich. Ich kann mir nicht vorstellen, dass der Jockey auf die Idee kommt, ein anderes Pferd unter sich zu haben. Leistungsveränderungen sind immer möglich und häufig nicht erklärbar. Das weisst du ja. Formschwankungen, gesundheitliche Beeinträchtigungen, welche man dem Pferd nicht ansieht und so weiter. Und wenn auch. Würde man tatsächlich feststellen, dass es sich um ein anderes Pferd handelt, dann müsste man ja noch das andere finden. Niemand würde der Sache auf die Spur kommen."

Paddy zeigte sich von der Antwort nur teilweise befriedigt: „Aber man hat in den Pubs von Bantry schon Gerüchte verbreitet. Also gibt es Mitwisser."

Hamer erwiderte: „Als notorischer Trinker ist Jim nicht glaubwürdig. Seine Geschichten, auch viele andere, galten und gelten als Phantasien. Niemand anders als der ehemalige Trainer von *Rocket* und meine Gewährsperson in Frankreich weiss etwas von unserem Projekt. Vor allem die beiden Trainer der Pferde nicht. Ich kann mir nicht vorstellen, wie jemand den Deal entdecken könnte."

Bevor Paddy das Gespräch beendete, sagte er: „Es steht für mich viel auf dem Spiel. Man darf nichts dem Zufall überlassen."

Hamer hatte versucht, den Buchmacher zu beruhigen. Ganz wohl war es ihm nun doch nicht. Vor allem die letzte Bemerkung beschäftigte ihn. Zum Glück hatte er am Montagmorgen, als sie gleichzeitig das Ritz verliessen, Séverine als seine Freundin und mit einem anderen Namen vorgestellt. Seit dem Geplapper von Jim im Pub von Bantry war Hamer sich der Gefahren bewusst, welche das lukrative Projekt mit sich brachte. Und zudem war zu befürchten, dass Paddy auch beim nächsten Sieg von *Last Loser* Ausreden suchen würde, um seine finanziellen Verpflichtungen nicht erfüllen zu müssen.

Als Sjörs Hamer nachdenklich ins Esszimmer trat, sich mit der *Irish Independent* an den Frühstückstisch setzte und mit dem Lesen der Zeitung beginnen wollte, hörte er Julia vor dem Hauseingang schreien und um Hilfe rufen. Es schien ihm, dass ihr Kreischen immer lauter wurde. Er eilte in den Flur und trat ins Freie. Julia kniete neben der Hündin, die stark zuckte und sich krümmte. Sjörs war sofort klar, dass der Hund vergiftet sein musste. Seine Untersuchung bestätigte unzweifelhaft den Verdacht. Die starken Krämpfe des Hundes liessen auf eine sehr schwere Vergiftung schliessen. Sjörs war klar, dass der Hund elendiglich verenden würde. Er rannte zu seinem bereitstehenden Auto, zog den Notfallkoffer heraus, füllte eine Spritze und erlöste die Hündin von ihren Schmerzen. Julia hatte sich auf den Absatz der Gartentreppe gesetzt und weinte. Mit der rechten Hand hielt sie den Rüden am Halsband und streichelte ihn. Er zeigte keinerlei Anzeichen einer Vergiftung.

Sjörs benötigte seine ganze Überzeugungskraft, um Julia klar zu machen, dass eine Rettung von Cheppy aussichtslos gewesen wäre und die Bemühungen nur das Leiden des Hundes verlängert hätten. Die Tatsache, dass die Hündin ein sehr starkes Gift gefressen hatte, während der Rüde offensichtlich mit dem Gift nicht in Berührung gekommen war, erschien Sjörs allerdings merkwürdig und beunruhigte ihn. Er entschied, den Kadaver am nächsten Tag untersuchen zu lassen.

64 Boutin staunt

Pierre Boutin war nach dem grossartigen Sieg von *Last Loser* im Quinté-Rennen von Longchamp überglücklich und stolz nach Hause gefahren. Dass sich sein Hengst innert so kurzer Zeit derart steigern würde, hatte er nicht einmal zu träumen gewagt. Ein Sieg in Longchamp wird von der Fachwelt so oder so beachtet und ist für jeden Trainer ein Leistungsausweis. Besonders wenn er mit einem Pferd erzielt wird, das im Jahr zuvor selbst gegen schwache Konkurrenz ohne Erfolg geblieben war. Und dazu ein Sieg in einem Quinté-Rennen, auf das alle Augen des wettenden Publikums gerichtet sind und das in der Tagespresse an prominenter Stelle kommentiert wird.

Eigentlich wollte Pierre Boutin den Hengst nach dem ersten Sieg nicht schon im zweiten Rennen gegen die gute Handicapklasse antreten lassen. Aber Séverine hatte ihn dazu überredet. Sie hatte viel Vertrauen in den Hengst und war überzeugt gewesen, dass er auch gegen diese Klasse gute Chancen hatte und als Aussenseiter brillieren könne. Pierre war längst aufgefallen, dass Séverine wettete, wenn seine Pferde mit lukrativen Aussenseiterquoten starteten. Er liess sie gewähren, aber selber wettete er aus grundsätzlichen Überlegungen nie. Er glaubte aus Fairness gegenüber den Besitzern der von ihm trainierten Rennpferde sich aus dem Wettgeschäft heraushalten zu müssen. Das Vertrauen seiner Besitzer war ihm heilig. Er war dabei so konsequent wie bei der Anwendung von leistungsfördernden Substanzen. Séverine hatte mehrmals versucht, ihn von seinen Grundsätzen abzubringen. Es war ihm klar, dass viele seiner Konkurrenten mit Stimulantien regelmässig an die Grenzen des Erlaubten gingen und dadurch mehr Erfolge erzielten. Das wollte er nicht. Die Gesundheit der Pferde hatte für ihn Vorrang. Dass es auch ohne Stimulantien ging, das bewies nun *Last Loser*.

Pierre musste aber bekennen, dass er als Folge der beiden Siege von *Last Loser* begann, die weitere Rennkarriere des Hengstes in rosigen Farben zu sehen, und dass er begann, seine Ambitionen zu steigern. In der blendenden Form, in der sich *Last Loser* befand, war es durchaus vertretbar, den Hengst am 8. Mai in Lyon erstmals in einem Listenrennen an den Start zu bringen. Würde er auch dieses Rennen gewinnen, dann war der Weg offen für die lukrativen Gruppenrennen.

Am Tag nach dem Rennen hatte Boutin wie üblich dem Besitzer eine Textnachricht über den Gesundheitszustand des Pferdes übermittelt. Weil *Last Loser* ohne jegliche Blessur aus dem Rennen gekommen war und sich am folgenden Morgen erwies, dass auch seine Sehnen völlig heil geblieben waren, sandte er die Meldung „Mit *Last Loser* ist alles in Ordnung". Umso mehr erstaunt war er, dass Bucher ihn am Donnerstag auf die Mobilnummer anrief und fragte, ob die Auswertung der Dopingprobe schon vorliege. Die Auswertung liegt am vierten Tag nach dem Rennen noch nicht vor. Oder zumindest wird sie dann noch nicht den Trainern mitgeteilt. Aber für ihn war vollständig ausgeschlossen, dass die Probe positiv ausfallen konnte. Er hatte seine Pferde unter Kontrolle. Fremde Personen hatten im Stall keinen Zugang. Die Abgabe von unerlaubten Substanzen war praktisch unmöglich. Die Anfrage von Bucher war ihm daher ein Rätsel, hatte er ihm doch von allem Anfang an erklärt, dass er mit Doping nichts zu tun haben will und die Kontrollen während des Trainings und an den Rennen so streng sind, dass es sich nicht lohnt, Experimente zu machen. Immerhin, das kurze Telefongespräch hatte den Vorteil, dass er Bucher über die Absicht informieren konnte, *Last Loser* in Lyon in einem Listenrennen laufen zu lassen. Bucher reagierte positiv und stellte sogar die Frage:

„Wäre es möglich, einen weiteren Start am 2. Juni in Baden-Baden ins Auge zu fassen? Die Rennen im süddeutschen Iffezheim bei Baden-Baden sind für die Schweizer Rennsportfans immer ein Anlass von besonderem Wert. Es wäre grossartig, wenn

Last Loser dort im Hauptereignis des Frühjahrs-meetings starten könnte."

Boutin nahm die Anregung mit Freude auf. Auch er konnte sich mit einem so guten Pferd für einen Auslandstart begeistern.

65 Unfall in Chantilly

Es war Freitag Viertel vor 6 Uhr, als Jockey Chris Valet seine Wohnung in Chantilly verliess, um den kurzen Weg in den Stall zurückzulegen. Er freute sich, dass sein Agent ihm am Meeting im englischen Newbury aussichtsreiche Ritte vermittelt hatte. Besonders positiv war, dass er erstmals für den englischen Spitzentrainer Johnson reiten konnte, von dem er bisher noch nie ein Engagement erhalten hatte. Es war ihm klar, dass *Rocket* der Grund war. Der Hengst, mit dem er im vergangenen Jahr in Irland einige gute Rennen gewonnen hatte, war im neuen Trainingsquartier von Johnson noch nicht auf Touren gekommen. Weshalb Kimberley den Hengst dem Trainer Melon weggenommen und ihn nach England geschickt hatte, war ihm immer noch ein Rätsel. Never change a winning team, gegen diesen Grundsatz sollte man bei

Rennpferden nicht verstossen. Aber für ihn gab es nun wenigstens die Gelegenheit, sich im englischen Pferderennsport noch etwas mehr bei Toptrainern ins Gespräch zu bringen.

Bevor er am späten Abend nach Heathrow fliegen konnte, musste er am Nachmittag in Maisons-Laffitte Rennen reiten. An diesem Morgen ritt er bei Trainer Antoine Fibre im Training. Er hatte weisungsgemäss für das erste Lot[12] dieses grossen Stalles eine dreijährige Stute gesattelt.

Ein Dutzend Pferde bildete die Gruppe, welche heute im weitläufigen Trainingsgebiet von Chantilly und Lamorlaye als Teil des ersten Lots auf der Piste Le Lion trainierte, eine 4000 Meter lange, breite und gerade Sandpiste, die sich vom Schloss Chantilly durch den Wald zieht. Wegen der Länge und der anhaltend leichten Steigung galt diese Piste seit je als das Juwel der französischen Trainingsanlagen.

Es war immer noch dunkel, die Dämmerung hatte noch kaum eingesetzt, als die zwölf Pferde im Schritt und hintereinander auf einem Zirkel neben dem unteren Teil der Piste ihren Kreis zogen. Auf der anderen Seite der Bahn, ebenfalls auf einem

---

[12]

     Die Pferde werden in Gruppen trainiert und zu diesem Zweck in Lots eingeteilt.

Zirkel, bereitete sich eine Gruppe eines anderen Trainers auf ihre Galopps vor. Jene Reiter trugen auf ihren Helmen gelbe Lampen. Valet und seine Kollegen des Stalles Fibre hatten rote Lampen auf dem Helm. Die sich in der Dunkelheit bewegenden Lichter wirkten gespenstisch. Aber sie waren in der Dunkelheit für die Sicherheit der Reiter wichtig und für einen geordneten Trainingsbetrieb unentbehrlich.

Trainer Fibre bestimmte aus dem Lot Gruppen von je zwei oder drei Pferden. Valet erhielt den Auftrag, zusammen mit einem bereits erfolgreichen Jockeylehrling als erstes Duo die Morgenarbeit durchzuführen. Der Lehrling ritt ebenfalls eine dreijährige Stute; er erhielt den Befehl, an der Spitze über 1000 Meter einen Canter[13] in einem guten Tempo zu gehen. Valet, einige Längen zurück, sollte mit seiner Stute bei der 1000-Metermarke aufschliessen, sich neben die Stute des Lehrlings schieben, um dann während weiteren 500 Metern Kopf an Kopf eine schnelle Arbeit zu galoppieren.

Wie zu erwarten, war Valets Stute zu Beginn etwas heftig, beruhigte sich aber nach 100 Metern. Kurz

---

13

Der Canter ist ein Galopp in einem flüssigen, aber kontrollierten Tempo.

vor der 1000 Metermarke zog Valet sein Pferd etwas nach links, um aufschliessen zu können. Da geschah es. Die Stute vor ihm stürzte, der Reiter flog über ihren Kopf hinweg zu Boden, während sich das Pferd überschlug und dabei leicht nach links zu liegen kam. Valets Stute versuchte auszuweichen und stolperte. Valet katapultierte es aus dem Sattel. Sein Pferd konnte sich geschickt auf den Beinen halten und galoppierte weiter. Als sich Valet im Sand aufrappelte, sah er, wie die gestürzte Stute aufsprang und der anderen in der langsam nachlassenden Dunkelheit hinterhergaloppierte. Er spürte einen Schmerz in der rechten Schulter. Der Lehrling lag reglos im Sand. Valet zeigte mit Schwenken seiner roten Lampe den nachfolgenden Reitern an, dass sich ein Unfall ereignet hatte. Die Sanität war schnell zur Stelle.

66 Reiterwechsel

Während *Last Loser* in Frankreich alle begeisterte, ging mit *Rocket* in England alles schief. Weniger als 48 Stunden vor dem dritten Rennen von *Rocket* erhielt Johnson die Nachricht, dass Valet möglicherweise seine Rittverpflichtungen in Newbury nicht wahrnehmen könne. Er war im Training in Chantilly aus mysteriösen Umständen gestürzt. Es bestand der Verdacht, dass er dabei das Schlüsselbein gebrochen hatte. Ein Schlüsselbeinbruch ist zwar im Pferderennsport keine aussergewöhnliche Verletzung. Sie führt für einen Jockey in der Regel nur selten zu längeren beruflichen Zwangspausen. Aber ob Valet würde reiten können, war zwei Tage vor dem Rennen nicht sicher. Die kurze Mitteilung an den Trainer war zudem vom Hinweis begleitet, dass die französische Polizei eine Untersuchung eingeleitet habe, um die genaue Ursache des Reitunfalls abzuklären. Die Meldung schloss mit der Bemerkung: *Es stellte sich heraus, dass Sabotage zum Unfall geführt haben muss.*

Johnson nahm persönlich mit Kimberley Kontakt auf.

„Was sollen wir tun? Soll ich einen anderen Reiter auf das Pferd setzen oder *Rocket* im Stall lassen?" fragte er.

Kimberley schien verzweifelt. Schliesslich antwortete er:

„Nehmen Sie einen anderen Reiter. Und dann soll er beim Start endlich wieder einmal vorne abspringen und in der Spitzengruppe galoppieren. Das war immer die Taktik, die wir mit dem Hengst in den irischen Rennen gewählt haben. Ich möchte, dass das Pferd dann am Meeting von Royal Ascot läuft. Vielleicht kann Valet bis dann wieder reiten. Bleiben Sie mit ihm in Kontakt."

Natürlich hatte die schlechte Nachricht Jack Kimberley verärgert. Der Flop, den er sich mit dem Trainer- und Standortwechsel von *Rocket* eingehandelt hatte, belastete auch den Familienfrieden. Plötzlich schien es, als ob alle Familienmitglieder, welche sich noch vor wenigen Monaten gegen den Verkauf von *Rocket* ausgesprochen hatten, entschieden für den Verkauf gewesen wären. Er habe es verscherzt, weil er an der Auktion einen zu hohen Preis eingesetzt habe, hiess es nun. Elisabeth meinte, sie könnten sich das teure Training des Pferdes in Newmarket nicht leisten. Auch das Versprechen, am Meeting von Royal Ascot Zugang zur englischen High Society zu erhalten, stimmte Elisabeth nicht um. Von diesen Leuten werde ohnehin niemand ihr B&B aufsuchen, meinte sie. Und eine entsprechende Garderobe hatte sie auch nicht, um im Bereich der königlichen Loge ihre Aufwartung zu machen. Zudem waren für die Zeit von Ende Mai bis Mitte Juni fürs B&B bereits mehrere Gäste angemeldet, und sie hatte keine zuverlässige Vertretung. Das Geld wurde wieder knapp. Einmal mehr waren ihr der Pferdefimmel und die Renommiersucht ihres Gatten zuwider.

67 Séverine mit Liebeskummer

Es war Samstag. Séverine hatte eine turbulente und bewegte Woche hinter sich. Sie sass am Esstisch ihrer Wohnung in Avranches. Die Abendsonne stand hinter dem Mont-Saint Michel am Horizont. Sie blickte in die Ferne hinunter zur Küste von Jullouville, an der sie vor drei Monaten mit Andi die ersten gemeinsamen Stunden verbracht hatte. Sie versuchte über ihre intensiven, teilweise widersprüchlichen Gefühle Klarheit zu gewinnen und ihre Gedanken zu ordnen.

Andi war ihr von Anbeginn sympathisch gewesen. Aber sie hatte weder in Auteuil noch am Tage des Verkaufsrennens von *Last Loser* die Absicht gehabt, mit ihm in eine enge Beziehung zu treten. Er war eigentlich nicht ihr Typ. Vielmehr hatte sie damals die Gelegenheit erkannt, für den Stall einen neuen Pferdebesitzer zu gewinnen. Aber als sie ihn bei seinem Besuch im Februar näher kennenlernte, begann sie, seine natürliche Selbstsicherheit und Unbefangenheit zu bewundern, und sie fand Gefallen an seinem trockenen Humor und Charme.

Beim Spaziergang nach dem Nachtessen in Paris forderte sie Andi etwas leichtfertig heraus. Das war ihr bewusst. Und sie war nicht unglücklich, dass er auf ihre Avancen ansprach und sich verführen liess. Dann spürte sie, dass er ein sehr zärtlicher Mann war. Das hatte sie in diesem Ausmass noch nie erlebt. Es war kein schneller Stunt, wie sie es bisher bei ihren zahlreichen Liebesabenteuern im besten Fall erlebt hatte. Andi nahm sich Zeit, er genoss den Augenblick. Seine Blicke wurden verschwommen. Als sie den Höhepunkt erreichten, war es nicht vorbei. Andi fuhr fort, sie zu liebkosen. Mit den Händen und dem Mund. Sie küssten sich innig, sanft, spielerisch. Ihre Schwingungen stiegen ins Unermessliche. Ein langanhaltendes, intensives Zittern löste ihre Spannungen. Es war unbeschreiblich schön. Als sie ihren Mund von dem seinen löste und den Kopf hob, sahen sie sich in die Augen. Minutenlang ohne etwas zu sagen. Sie waren beide in vollkommener, bedingungsloser körperlicher und geistiger Hingabe.

Und nun hatte sie seit diesem Erlebnis in der Nacht vom Sonntag auf den Montag nichts mehr von ihm gehört. Nach ihrem gemeinsamen Abend hier in Avranches hatte er sie alle drei oder vier Tage angerufen oder wenigstens eine liebevolle Nachricht hinterlassen. Er hatte sie damals gebeten, ihn nicht anzurufen. Er wolle seine Ehefrau nicht beunruhigen, hatte er gesagt. Sie hielt sich an diese Anweisung. Aber nun fiel es ihr schwer. Bis am Mittwoch schwebte sie in einem Glücksgefühl. Sie war sicher, dass Andi bald anrufen würde. Am Donnerstag begann die Sehnsucht das Glücksgefühl zu verdrängen. Am Freitag verstärkte sich der Wunsch, Andi zu sehen oder wenigstens zu hören. Und jetzt war es fast unerträglich.

Von Pierre hatte sie erfahren, dass Andi ihn am Donnerstag angerufen hatte. Das war soweit nicht aussergewöhnlich, obschon sich Pierre ärgerte, dass der Besitzer die Befürchtung äusserte, *Last Loser* könnte gedopt gewesen sein. Aber dass Andi ihr keine Nachricht übermittelte, verstand sie nicht. Die Nacht in Paris musste auch ihn stark bewegt haben. Etwas anderes konnte sie sich nicht vorstellen.

Séverine gestand sich ein, dass sie sich total verliebt hatte. Und nun tat es weh: In einen verheirateten Mann, der zudem noch weit weg von ihr lebte. Und er hatte keinerlei negative Bemerkung über seine Ehefrau oder allfällige eheliche Probleme gemacht. Sie war von sich aus in diese elende Situation geraten.

Der Liebeskummer in einem bisher für sie unvorstellbaren Mass überdeckte alles andere. Auch die Nachricht, die sie gestern von Hannes Lehr erhalten hatte. Er schrieb: „Die Polizei hat nach intensiven Abklärungen keinerlei Anhaltspunkte, wer ein Motiv gehabt haben könnte, Jim umzubringen. Ich wurde zweimal einvernommen. Sie wollen alle befragen, welche in den letzten zwölf Monaten mit ihm Kontakt gehabt haben. Ich habe ihnen deine Adresse angegeben. Sie sagten, dass sie auch dich verhören werden, im Amtsverfahren durch die französische Polizei, wie sie sagten. Sorry für die Unannehmlichkeiten. Gruss Hannes"

68 Andi sucht Distanz

Je näher Andi am Montag seinem Wohnort im Zürcher Oberland gekommen war, desto mehr fand er zu klarem Denken zurück. Zwar tauchten immer wieder die Bilder dieser schönen Frau vor ihm auf, wie sie am Sonntagabend so anmutig vor ihm am Tisch sass, wie sie sich nackt und mit lüsternem Blick auf ihm hin und her bewegte und wie sie ihm – er hatte es so gedeutet - verliebt in die Augen sah. Aber es war ihm klar geworden, dass er zu weit gegangen war, dass er einen grossen Fehler begangen hatte. Er tröstete sich damit, dass wenigstens mit *Last Loser* alles mit rechten Dingen zu und her ging. Boutin hatte ihm schon zweimal versichert, dass Doping für ihn kein Thema ist.

Er musste Séverine vergessen, einen Strich unter diese Geschichte ziehen und versuchen, den Erfolg seines Pferdes zu geniessen. Dieses hatte sich nun als derart gutes Rennpferd erwiesen, dass ein Start im Herbst im Grand Prix Jockey-Club von Dielsdorf möglich wurde. Als Person, die es nicht über sich brachte, sich an einem Pferd zu beteiligen, das mehr als 15000 Franken kostete, hatte er nie damit gerechnet, jemals ein Pferd zu besitzen, das im wichtigsten Schweizer Flachrennen an den Start gehen konnte. Jetzt besass er ein Pferd für dieses mit 100'000 Franken dotierte Rennen. Und dazu ein Pferd, das Siegeschancen hatte. Das musste ihm über die Enttäuschung mit Séverine hinweghelfen.

Als er am späten Abend vor seinem Einfamilienhaus parkierte, er Licht im trauten Wohnzimmer sah und einmal mehr realisierte, wie gut er es zuhause hatte, fühlte er sich wieder einigermassen versöhnt. Eigentlich musste er für den Zufall dankbar sein, Séverine ertappt zu haben, wie sie zusammen mit Hamer das Ritz verlassen und mit ihm davon gefahren war. Der Vorfall hatte ihn auf den Boden der Realität und zur Vernunft zurückgeholt. Das Liebesleben zwischen ihm und seiner Frau war zwar eintönig geworden, um nicht zu sagen, gestorben. Dafür beflügelten ganz andere Werte die Beziehung und waren bedeutender geworden. Seine Ehefrau hatte ihm über zahlreiche Tiefs hinweggeholfen. Sie war eine liebevolle, aufopfernde Mutter ihrer gemeinsamen Kinder und eine geistig und charakterlich starke Frau. Was wollte er mehr?

Am Dienstag und Mittwoch bemühte sich Andi, nicht an Séverine zu denken. Für den Sieg von *Last Loser* erhielt er einige Gratulationen von Schweizer Rennsportfreunden. Er realisierte auch, dass er bei einigen Kollegen des Rennsports wieder interessant geworden war. Vor allem wurde er zu zwei Interviews eingeladen und dabei gefragt, ob sein Pferd auch in der Schweiz an Rennen teilnehmen werde. Er verhielt sich wortkarg und erwähnte auch nicht, dass er an die Möglichkeit dachte, *Last Loser* am Frühjahrsmeeting von Baden-Baden starten zu lassen.

In der Nacht auf Donnerstag wurde Andi erneut von Zweifeln heimgesucht, ob bei *Last Loser* alles mit rechten Dingen zu und her ging. Er schlief schlecht. Wenn er nicht wach war oder döste, träumte er wirres Zeug. Er träumte von Hamer, Séverine und Boutin: Der Tierarzt und Séverine, beide splitternackt, fochten mit Spritzen in der Hand gegen Boutin, der in mittelalterlicher Rüstung an jedem Arm ein Schutzschild trug.

Am Donnerstag hielt er es nicht mehr aus. Er rief Boutin an und liess sich erneut bestätigen, dass alles in Ordnung war. Seine Bedenken und Zweifel verunsicherten Boutin. Dass Boutin den Hengst in 10 Tagen schon wieder Rennen laufen lassen wollte, beruhigte Andi. Offensichtlich war das Pferd tatsächlich in bester Verfassung.

Am Samstag nahm er in Wetzikon wieder einmal am Stamm der Rennsportfreunde teil. Ein Kollege, der nebenberuflich ab und zu den Kauf von Rennpferden vermittelte und sich im französischen Pferdrennsport gut auskannte, gratulierte ihm herzlich und neidlos zu seinen Erfolgen. Das freute ihn besonders. Dann stiess Viktor Riss zur Runde. Der alleinstehende pensionierte Lehrer verbrachte einen grossen Teil seiner Freizeit mit Reisen. Er war stets ein leutseliger und kontaktfreudiger Besucher der Schweizer Pferderennbahnen. Er kannte aber auch den Pferderennsport im Ausland sehr gut. Er besuchte oft Bekannte auf der ganzen Welt und hielt Freundschaften aufrecht, die er zu einem grossen Teil im Zusammenhang mit dem internationalen Pferdesport geschlossen hatte. Man wusste auch, dass Riss oft und verhältnismässig viel auf Pferde wettete und dass er dies mit viel Fachwissen, sehr kalkuliert und mit gutem Erfolg tat.

Riss ging mit offenen Armen auf Andi Bucher zu:

„Ich gratuliere dir zu deinen Siegen. Grossartig, und ich habe dank deinem Pferd recht viel Geld gewonnen. Ich habe im letzten Dezember auf der Fähre von Cork nach Roscoff die Partnerin von Trainer Boutin kennengelernt. Sie erzählte mir, dass sie zwei Pferde von einem Weideplatz in Bantry zurückgeholt habe. Als ich dann feststellte, dass du ein Pferd bei Boutin im Training hast, habe ich die Resultate der Pferde von Boutin verfolgt und schon beim ersten Rennen von Last Loser eine Sympathiewette. gesetzt, 20 Franken auf Sieg und 20 Franken auf Platz[14]. Ich habe zwar nicht wirklich an

---

14

einen Erfolg geglaubt. Aber dann gewann ich fast 1000 Franken. Und dasselbe nochmals am letzten Sonntag. Das hat mir rückwirkend meine Irlandreise finanziert."

Bucher war verblüfft: „Das war wirklich ein Zufall. Ausser dir haben aber nicht viele auf Last Loser gewettet."

Darauf Riss: „Ich hatte einfach ein gutes Gefühl. Die Partnerin von Boutin ist zudem eine sehr attraktive Frau. Ich gewann den Eindruck, dass sie nicht dumm ist und es dick hinter den Ohren hat. Eine nicht ganz ungefährliche Frau, in die man sich schnell verlieben könnte."

Wenn Riss wüsste, wie Recht er hat, dachte sich Bucher.

Anstatt zu wetten, dass das Pferd gewinnt (Siegwette), kann gewettet werden, das Pferd laufe als Erster, Zweiter oder Dritter ein (Platzwette).

69 Hamer telefoniert mit Séverine

Mit Pierre Boutin hatte Séverine vereinbart, dass sie am Sonntag frei habe, damit sie für einmal ausschlafen und dann ihre Eltern in Saumur besuchen könne. Ihr Liebeskummer liess sie aber kaum schlafen. Und wenn sie sich im Bett hin und her wälzte, kam ihr immer wieder der sonderbare Tod von Jim in den Sinn. Die bevorstehende Einvernahme durch die Polizei verunsicherte sie zusätzlich. In dieser belastenden Situation erhielt sie am Sonntagmorgen früh, als sie noch im Bett lag, einen Anruf von Hamer:

„Guten Morgen Séverine, habe ich dich geweckt?"

Séverine war überrascht, und nachdem sie dem Tierarzt versichert hatte, dass es schon in Ordnung sei, wenn er so früh anrufe, fuhr Hamer fort: „Weisst du schon, dass sich am Freitag im Wald von Chantilly ein merkwürdiger Unfall ereignet hat und Jockey Chris Valet dabei einer der Verletzten war? Nun ist im *France Galop* zu lesen, dass die Polizei die Umstände des eigenartigen Unfalls abklärt. Man habe, so steht geschrieben, einen Draht gefunden, der vermutlich über die Piste gespannt worden sei."

Séverine war perplex. Nach einiger Zeit antwortete sie: „Nein, das wusste ich nicht. Aber was hat dies mit mir zu tun?"

Hamer: „Hoffentlich nichts. Aber Valet hätte gestern in Newbury *Rocket* reiten sollen."

Nach einer längeren Pause erwiderte Séverine: „Falls jemand von uns diesen Ritt verhindern wollte, kann es nur Bob Melon sein. Aber das traue ich ihm überhaupt nicht zu. Und schon gar nicht in Chantilly. Meines Wissens hat er seit Jahren keinen französischen Boden mehr betreten. Das muss einen anderen Zusammenhang haben".

„Das dachte ich mir auch", fügte Hamer an. „Ich wollte einfach ganz sicher sein, dass du mit dieser Sache nichts zu tun hast."

Séverine wusste nicht, ob sie die letzte Bemerkung als einen der vielen Witze verstehen sollte, zu denen Sjörs immer wieder fähig war, oder ob es ihm ernst war. Sie antwortete:

„Seit letztem Montag bin ich ununterbrochen hier im Westen der Normandie am Arbeiten. Und Strohmänner habe ich auch nicht, die für mich arbeiten. Aber wenn ich es mir genauer überlege, wäre es schon nur Valet, der uns gefährlich werden könnte. Er hat beide Pferde geritten. Ob er sich noch daran erinnert, dürfte allerdings fraglich sein. Denn er hat im letzten Jahr mindestens 600 Rennen mit mindestens 300 verschiedenen Pferden geritten. Bei dieser Anzahl muss jemand ein besonderes Erinnerungsvermögen haben, um sich die Eigenheiten eines einzelnen Pferdes einprägen zu können."

Hamer schien von der Antwort befriedigt und beendete das Gespräch. Sein Anruf verstärkte jedoch die Unruhe sowie die Unsicherheit von Séverine. Auch wenn sie weit weg vom Geschehen war, das sich auf dem Trainingsgelände von Chantilly abgespielt haben musste, war es seltsam, dass sich ein derart seltener Unfall nur zwei Tage vor dem vorgesehenen Ritt Valets ereignete.

Vor Séverine türmte sich ein Berg von Rätseln.

70 Kimberleys Fiasko

Jack Kimberley verzichtete auf eine Reise ins englische Newbury. Er sah das dritte englische Rennen von *Rocket* in einem Vorort von Dublin am Bildschirm. Einmal mehr wollte er unerkannt bleiben, um keine unangenehmen Fragen von Rennsportfreunden beantworten zu müssen.

Bereits die Fahrt zum Lokal des Buchmachers war nicht verheissungsvoll. Nach meilenlangem Stau infolge eines Unfalls, behindert durch anhaltenden Regen und eingehüllt in dichten Nebel erreichte er das Wettbüro. Die Atmosphäre im Lokal entsprach der dumpfen Stimmung des Wetters draussen. Feuchtigkeit war greifbar. Zwei offensichtlich bereits betrunkene Gäste lallten vor ihren Wettunterlagen an einem der runden Tische. Jack war froh, dass der Start des Rennens nicht mehr lange auf sich warten liess.

Der Ersatzreiter machte die Sache nicht besser als seine beiden Vorgänger. Der Hengst war von Anfang an das Schlusslicht und überhaupt nicht in der Lage, im Endkampf einen Platz gutzumachen. Die Leistung von *Rocket* war so katastrophal, dass Kimberley wortlos das Lokal verliess, die lange Strecke nach Hause fuhr und sich in seinem Arbeitszimmer einschloss, ohne sich bei Elisabeth zurückzumelden. Er wollte jeder Diskussion aus dem Wege gehen.

Am Abend hatte er seine Enttäuschung einigermassen verdaut und sich soweit beruhigt, dass er zum Handy griff, um den Trainer anzurufen. Johnson nahm zum Erstaunen von Kimberley innert nützlicher Frist ab. Auch er sei enttäuscht. Obschon der Hengst sich eigentlich normal verhalte, gut fresse und munter sei, lasse er das Pferd am nächsten

Tag von der Rossedales Klinik gründlich untersuchen. Das sei die renommierteste Pferdeklinik im Trainingsgebiet Newmarket. Johnson schloss mit den Bemerkungen:

„Falls auch diese Spezialisten nichts feststellen und nicht weiter wissen, ist guter Rat teuer. Ich habe es in meiner langen Karriere als Trainer noch nie erlebt, dass bei mir ein Pferd nicht mindestens die Form des vorherigen Trainers erreicht."

Auf dem Pult von Kimberley lag die letzte, noch unbezahlte Rechnung Johnsons. Er vermied es, sie seiner Frau zu zeigen.

71 Andi und Sandra verabreden sich

Am Sonntag verzichtete Andi darauf, den ersten Renntag der Dielsdorfer Pferderennen im neuen Jahr zu besuchen. Er wollte seine Gedanken etwas vom Pferdesport und seinen Erlebnissen in Frankreich ablenken. Am Vormittag begleitete er seine Frau an ein Hauskonzert, an der sie als Pianistin mitwirkte. Am Nachmittag genoss er mit Vera in ihrem Garten den sonnigen Tag in seiner frühlingshaften Blütentracht. Das Wetter lud ein, die Grillsaison zu eröffnen.

Doch schon am Abend wurden Andis Gedanken zur Rennsportszene zurückgeholt. Trainer Boutin rief an und teilte mit, dass er sich entschieden habe, *Last Loser* am kommenden Sonntag in Lyon laufen zu lassen. Er könne denselben Reiter verpflichten, der mit ihm in Longchamp gewonnen hatte. Und er sagte:

„Der Hengst ist quicklebendig. Er ist im Training frisch und quietscht, wenn es auf die Sandbahn geht, um zu galoppieren. Ich habe das Gefühl, er wird immer besser."

Andi hatte damit gerechnet, dass *Last Loser* in Lyon starten werde und sich überlegt, ob er dabei sein möchte. Eine Begegnung mit Séverine wollte er vermeiden. Aber er konnte Boutin nicht fragen, ob Séverine auch dabei sein werde. Und so blieb Andi vorsichtig: „Das ist gut, wenn er läuft, aber ich bin noch nicht sicher, ob ich nach Lyon kommen werde."

Boutin reagierte unverzüglich: „Ihnen ist aber bewusst, dass es sich um ein Listenrennen handelt; bei solch grossen Rennen sind die Besitzer eigentlich anwesend. Es wäre schade, wenn er gewinnt und Sie haben es verpasst."

„Ich werde sehen, ob ich es einrichten kann", erwiderte Bucher und beendete das Gespräch mit den besten Wünschen für Boutin und seine Pferde.

Und da war sie nun wieder: Die Bredouille, in die er mit der intimen Beziehung zu Séverine geraten war.

Andi schlief schlecht. Lange lag er wach. Dann kam ihm der erlösende Gedanke. Er würde Sandra fragen, ob sie die Besitzergemeinschaft vertreten könnte. Wenigstens wäre dies eine Übergangslösung.

Andi hatte doppeltes Glück. Am Montag erhielten er und Vera für das Wochenende eine Einladung für ein Familienfest am Murtenssee. Und Sandra nahm in der Schweiz ihr Handy ab:

„Hallo Andi, ich bin für eine Woche bei meinen Eltern zu Besuch. Was gibt es Neues?" fragte Sandra.

„*Last Loser* läuft am Sonntag in Lyon und ich kann nicht hingehen. Es handelt sich um ein Listenrennen. Da sollte der Besitzer vertreten sein. Wäre es dir möglich, nach Lyon zu fahren?"

„Lyon? Das trifft sich wunderbar. Ich kehre am Wochenende in die Bretagne zurück. Ich könnte in Lyon übernachten und beim Rennen anwesend sein. Dann wird es zwar etwas spät, bis ich in der Bretagne bin. Aber am Sonntag nach 17 Uhr hat es weniger Verkehr. Und am Montagvormittag habe ich noch keine Vorlesungen. Da spielt es keine

Rolle, wenn ich erst nach Mitternacht in La Chapelle sur Erdre eintreffe."

„Super. Wann fährst du denn ab? Vielleicht können
wir uns am Samstag bei Murten treffen. Dann können wir einmal alles in Ruhe besprechen und du
lernst meine Frau kennen. Wir sind auf 12 Uhr in
Faoug eingeladen."

„Das ist kein Problem. Ich fahre erst am Nachmittag. Wir könnten uns um 10 Uhr in Murten oder
noch besser im Bad Muntelier treffen. Dort hat es
ein Restaurant am See. Bei gutem Wetter ist es in
dieser Jahreszeit wunderschön. Von Ins nach Muntelier habe ich knapp 10 Minuten und ihr seid auch
in nur 10 Minuten in Faoug".

72 Kimberley hat wieder Hoffnung

Schon wenige Tage nach dem dritten Rennen von
Rocket erhielt Jack Kimberley Nachrichten, die
zwar positiv lauteten, aber sein Problem nicht lös-
ten. Die Tierärzte der Rossedales Klinik hatten das
Pferd als absolut gesund befunden. Die Untersuchung von Blut und Harn liessen keine Krankheits-
symptome erkennen. Auch der Bewegungsapparat
und die Lunge gaben zu keinen Beanstandungen

Anlass. Es war verflixt. Die schlechten Leistungen im Training und in den Rennen blieben ein Rätsel. Er war seinerzeit froh gewesen, dass Melon, der vormalige Trainer, den Hengst anstandslos herausgegeben hatte. Auch wenn er keine rechtliche Handhabe gehabt hatte, ihn zurückzubehalten, hätte er ihm doch damals Steine in den Weg legen können. Das tat er nicht. Das Pferd hatte einen durchaus gesunden Eindruck gemacht, als er vom Transporteur abgeholt worden war. Auch an der Auktion hatte der Hengst gut ausgesehen. Behagte ihm das englische Klima nicht?

Als Jack seiner Frau vom tierärztlichen Befund berichtete, meinte Elisabeth, die ein besonders feines Sensorium für Tiere hatte:

„Vielleicht hat die unpersönliche Pferdehaltung in einem grossen Trainingsstall auf die Psyche des Pferdes geschlagen. Melon hat mit seinen wenigen Pferden viel mehr Zeit für die individuelle Betreuung seiner Schützlinge. Willst du nicht Melon fragen, ob er *Rocket* wieder zurück ins Training nimmt?"

Aber das liess der Stolz von Jack nicht zu: „Kommt nicht in Frage. Da lachen mich ja alle aus."

Am gleichen Abend rief Trainer Johnson persönlich an:

„Mit dem Hengst ist gemäss Auskunft der Tierärzte alles in Ordnung. Ich kann mir eigentlich nur noch vorstellen, dass er sich noch nicht an den neuen Stall und die neue Umgebung gewöhnt hat. Und ich bin auch der Meinung, dass wir ihn im nächsten Rennen von Valet reiten lassen. Ich habe gehört, dass er wieder reitet. In zehn Tagen haben wir hier in Newmarket ein geeignetes Rennen und Valet hat durch seinen Agenten mitteilen lassen, dass er frei ist und gerne für uns reiten würde."

Jack Kimberley war mit dem Vorschlag sofort einverstanden. Die Hoffnung kehrte zurück.

73 Andi und Sandra treffen sich in Muntelier

Andi Bucher sass an einem runden Gartentisch des Restaurants Bad Muntelier. Er blickte über den Spazierweg des südlichen Ufers hinweg auf die Dörfer, welche auf der nördlichen Seite des Murtensees in der Sonne lagen. Oberhalb von Môtier und Praz lagen am Hang des Mont de Vully die Reben in saftigem Grün. In einiger Entfernung flatterten Stockenten in westlicher Richtung über den See. Weil sie Muntelier eine Viertelstunde früher als geplant erreicht hatten, hatte sich Vera entschieden, mit dem Hund auf dem Uferweg nach Murten noch einen Spaziergang zu machen.

Auch Sandra war etwas früher da als verabredet. Sie trug einen sportlichen Overall, grün mit feinen roten Streifen. Die Farben ihres gemeinsamen Rennstalles. Und sie strahlte über das ganze Gesicht, als sie Andi am Tisch am Rand des Gartenrestaurants erblickte. Nach einer kurzen und herzlichen Begrüssung rief Sandra begeistert aus:

„Herrlich, dieser Frühling, nicht? Ganz im Gegensatz zum Wetter bei unserem letzten Zusammentreffen in Longchamp. Aber trotz des garstigen Wetters ist mir das Erlebnis in Paris in schöner Erinnerung geblieben. Nicht nur wegen des Sieges von *Last Loser*, sondern auch wegen unserer Unterhaltung vor dem Rennen."

„Mir auch" erwiderte Andi. Aber bevor er fortfahren konnte, kam Vera von ihrem Spaziergang zurück. Sie stellte sich spontan selber vor:

„Ich bin Vera und Sie sind sicher Sandra. Andi hat mir schon viel über Sie erzählt. Er ist froh, eine Beteiligte gefunden zu haben, welche seine Ansichten hinsichtlich Pferdehaltung teilt. Er war beeindruckt von Ihren Erfahrungen mit Tierkommunikation. Das interessiert mich auch."

Nachdem sie beim Servicepersonal die Getränke bestellt hatten, erzählte Sandra von ihrem Aufenthalt in der Bretagne und ihrer Weiterbildung in Nantes:

„Ja, die Tierkommunikation ist ein faszinierendes Gebiet. Natürlich auch, weil viele Leute damit nichts anfangen können und die Kommunikation zwischen Mensch und Tier als Phantasie betrachten. Aber ich habe in meiner Weiterbildung viele spezielle Vorfälle geschildert erhalten, die glaubhaft beweisen, dass die Kommunikation zwischen Mensch und Tier möglich ist."

„Andi hat mir erzählt, dass eine Kommunikation mit *Last Loser* eine Aussage ergeben hat, die unverständlich war oder nicht eingeordnet werden konnte. Wie kam das?"

Sandra fühlte sich aufgrund der Frage sofort im Element:

„Es ist zu vermuten, dass ein noch so befähigter Kommunikator mit einzelnen Tieren keine verlässliche Kommunikation aufbauen kann. Das scheint jedenfalls zwischen unserem Experten und Last Loser der Fall gewesen zu sein. Wir haben es als Schulbeispiel ein zweites Mal versucht. Und wiederum ergab die Antwort keinen Sinn. Last Loser sagte dem Kommunikator, dass er den gefrorenen Boden und den Schnee, den es in der ersten Zeit nach der Weide haufenweise gegeben habe, nicht geschätzt habe. Das sei für ihn neu gewesen. Diese Aussage war unverständlich, weil der Winter in der Normandie im Vorjahr kälter und härter gewesen war. Ich weiss nicht, was bei dieser Kommunikation schief gelaufen ist. Eigentlich wurden alle Grundregeln der Tierkommunikation befolgt."

„Und was sind die Grundregeln?" fragte Vera.

„Ideal ist es, wenn der Kommunikator das Tier nicht kennt, also völlig neutral und unbeeinflusst fragen kann. Die Fragen vom Mensch an das Tier dürfen nicht wertend sein. Wenn der Kommunikator dann die Antwort an den Fragesteller weitergibt, darf auch diese Antwort nicht wertend sein. Der Kommunikator muss zudem sowohl gegenüber dem Tier als auch gegenüber dem Fragesteller eine positive Einstellung haben, Tier und Mensch lieben. Der Kommunikator darf sich vom Fragesteller nicht manipulieren lassen. Der Kommunikator ist das Sprachrohr für Tier und Mensch. Und zum Abschluss des Gesprächs muss der Kommunikator das Tier in Form einer offenen Frage fragen, ob es ihm noch etwas mitzuteilen habe. Alle diese Grundsätze wurden bei der Kommunikation mit Last Loser befolgt. Dennoch waren die Antworten unverständlich. Sie konnten überhaupt nicht eingeordnet werden."

„*Last Loser* hat dafür andere Qualitäten" wandte Andi ein. „Seine Leistungssteigerung gegenüber dem Vorjahr ist derart aussergewöhnlich, dass ich es immer noch nicht fassen kann, dass wir bei der Wahl des Pferdes so viel Glück gehabt haben. Nach dem Sieg in Longchamp habe ich mir vom Trainer einmal mehr versichern lassen, dass er wirklich nicht gedopt war. Boutin reagierte sauer, gab aber eine klare, beruhigende Antwort. Es war schliesslich auch seine Idee, ihn nach so kurzer Zeit schon wieder für ein Rennen zu melden. Ich weiss, dass die Rennpferde regelmässig Doping-kontrollen unterzogen werden. Ich habe aber auch gehört, dass gewisse Trainer Rennpferden, die gesundheitliche Probleme haben, regelmässig nach den Rennen durch spezialisierte Tierärzte entzündungshemmende Substanzen spritzen lassen. Als Folge davon können sie erst nach einem Monat wieder Rennen laufen. Wenn nun Last Loser schon wieder läuft, ist dies bei ihm sicher nicht der Fall."

„Nein, das dürfte unmöglich sein. Aufgrund meiner Gespräche mit Trainer Boutin habe ich wirklich die Überzeugung, dass wir einen Trainer haben, der nicht versucht, an die Grenzen des Zulässigen zu gehen oder allfällige Lücken des Dopingreglements auszunützen. Aber auch ich frage mich ab und zu, weshalb ausgerechnet ich bei der ersten Beteiligung an einem Rennpferd so viel Glück haben durfte."

Vera, Sandra und Andi sprachen an diesem sonnigen und warmen Frühlingsmorgen noch über eine Stunde über Gott und die Welt. Vera freute sich über die neue Bekanntschaft mit dieser naturverbundenen und tierliebenden jungen Frau, und Sandra versprach, nach dem Rennen in Lyon Andi sofort vom Rennplatz aus anzurufen und Bericht zu erstatten.

74 Last Loser in Lyon

Nachdem sich Sandra vom Ehepaar Bucher verabschiedet hatte, fuhr sie zurück zu ihren Eltern und schon kurze Zeit später über Genf nach Lyon. Sie kannte Lyon nicht, hatte sich jedoch sagen lassen, dass es sich um eine sehr schöne Stadt handle. Am Place Bellecour hatte sie in einem alten Hotel eine Unterkunft gefunden. Als sie am späten Nachmittag eine Möglichkeit suchte, ihr Auto in der Nähe des Hotels abzustellen, war auf dem Place Bellecour eine Demonstration im Gange. Klimaschützer waren deren Initianten. Die Demo verlief offensichtlich friedlich. In einer Ecke des grossen Areals gab eine Jazzformation ein Platzkonzert.

Das Hotel war von aussen nur durch ein kleines Schild zu erkennen. Die Zimmer lagen zum Hinterhof. Sandra erreichte das ihr zugeteilte am Ende eines langen Ganges. Das Zimmer hatte einen eigenartigen Grundriss. Dazu gehörte eine Art Veranda mit Ausblick in den Innenhof. Das mit rotem Plüsch bezogene Sofa war ebenso alt wie Bett, Tisch und Kleiderschrank. Alles war noch zu gebrauchen, aber schon das Öffnen des Kastens erzeugte ein unheimliches Knarren. Jede Bewegung auf dem Sofa und, wie sich später herausstellte, auf dem Bett erinnerte sie an Hitchcockfilme.

Ein Spaziergang führte Sandra beim Einbruch der Dämmerung durch den nördlich des Place Bellecour gelegenen Teil der Altstadt zwischen der Rhone und der Saône. Die langen Reihen der Renaissancebauten erinnerten Sandra an die Innenstadt von Paris. Aber die gepflegten Schaufenster und die zahlreichen, gut frequentierten Bistros wirkten kleinbürgerlicher und einladender. Als sie die Wandmalereien *La fresque des Lyonnais* erreichte, fielen die letzten Sonnenstrahlen auf die Bilder, an denen sich Sandra kaum satt sehen konnte. Schliesslich überquerte sie die Saône. Dann schlenderte sie durch Vieux Lyon zurück. Der Spaziergang durch die prächtige Stadt an diesem sonnigen Abend war der perfekte Einstieg in einen denkwürdigen Kurzaufenthalt im Burgund.

Sandra stand am Sonntag wie gewohnt früh auf. Sie war im verwinkelten, kleinräumigen Frühstücksraum der erste Hotelgast. Auch hier dominierten alte, aber nicht antike Möbel. Sie trugen dazu bei, dass alles etwas schmuddelig wirkte.

Sandra erreichte die Pferderennbahn Lyon-Parilly schon vor dem Mittag. In der Stadt hatte sie sich vergeblich nach einer Pferdesportzeitung umgesehen. Auf dem Rennplatz jedoch standen die Verkäufer des *Paris Turf* schon bereit.

Der Zuschauerandrang hielt sich in Grenzen. Das Rennen von Last Loser war das Hauptereignis des Meetings. Es wurde als fünftes Rennen durchgeführt. Sandra hatte bisher nur das Teilnehmerfeld im Rennen von *Last Loser* durchgesehen und die Klasse der Gegner überprüft. Als sie nun die Starterliste des ersten Rennens überflog, stellte sie überrascht fest, dass die Trainerin von Avenches, bei der sie die ersten Erfahrungen im Pferderennsport gemacht hatte, ein Pferd laufen hatte. Es dauerte nicht lange, die Person, der sie so viel zu verdanken hatte, aufzusuchen. Das Pferd der deutschen Trainerin lief zwar unplatziert. Aber die beiden Frauen hatten sich so viel zu erzählen, dass die Zeit bis zum Rennen von *Last Loser* schnell verging.

Last Loser siegte zum dritten Mal in Folge, und zwar mit so deutlichem Abstand, dass für alle Fachleute erkennbar war, dass der Hengst die Grenze seines Könnens noch nicht zeigen musste. Sandra nahm stolz die Glückwünsche und den Ehrenpreis für den Besitzer entgegen. Die deutsche Trainerin aus Avenches hielt mit Lob nicht zurück und stellte fest: „Eine derart massive Steigerung eines Vierjährigen gegenüber dem Vorjahr habe ich noch nie erlebt. Das ist unglaublich."

75 Für Séverine bricht die Welt zusammen

Séverine Marlin war nicht nach Lyon mitgefahren. Sie hatte von ihrem Partner Pierre Boutin erfahren, dass Andi nicht anwesend sein würde. Sie fühlte sich elend. Kein Lebenszeichen von Andi. Und die Information von Hamer über den Unfall im Wald von Chantilly hatte ihr auf den Magen geschlagen. Im Onlineportal *France Galop* des französischen Rennsports erhielt sie die Bestätigung der schlechten Nachricht.

Der Sieg von *Last Loser* in Lyon heiterte Séverine nur vorübergehend auf. Sie verfolgte das Rennen zuhause live auf *Equidia.* Sie hatte sich nicht einmal aufraffen können, bei einem PMU auf das Pferd zu wetten. Er war wieder als Aussenseiter ins Rennen gegangen. Séverine verpasste eine gute Quote. Das aber war jetzt nebensächlich. Denn es kam noch schlimmer. Nur vier Tage nach dem dritten Sieg von *Last Loser* las Séverine in *France Galop* eine kurze Mitteilung mit dem Titel „Verbrechen in irischem Rennstall". Der Text lautete:

„In einem kleinen Rennstall in Naas wurde am Dienstagmorgen der irische Trainer Bob Melon bewusstlos aufgefunden. Gemäss den ersten polizeilichen Ermittlungen wurde der Trainer zusammengeschlagen. Er wurde in kritischem Zustand ins Spital nach Dublin geflogen. Der Verletzte war vor seiner Tätigkeit als Trainer ein sehr erfolgreicher Hindernisreiter."

Die Information schnürte Séverine für einen Moment die Luft ab. Bereits die Nachrichten von Hannes Lehr über den mysteriösen Tod von Jim und von Sjörs Hamer über den Vorfall Valet hatten sie beunruhigt. Dass nun der ehemalige Trainer von *Rocket* ein Opfer von Gewalt geworden war, war erschreckend und beängstigend. Séverine hatte zwar vermutet, dass Hamer es nicht dabei bewenden liess, seine Dienstleistung im Dezember in Bantry mit der Bezahlung einer Rechnung über 250 Euro abgelten zu lassen. Dass er – wie sie selber auch – sich einen Wettgewinn nicht entgehen liess, war für sie selbstverständlich. War Sjörs zu Gewalttaten fähig? War sie zu unvorsichtig gewesen, mit ihm im Ritz das Zimmer zu teilen? Sie war zwar nur einige wenige Stunden mit ihm zusammen gewesen, aber lange genug, um als allfällige Komplizin verdächtigt zu werden. Hatte jemand beobachtet, dass sie mit Hamer gefrühstückt hatte? Waren da nicht Fotografen, als sie zusammen mit Sjörs und dem Buchmacher das Hotel verlassen hatte. War sie auch in Lebensgefahr?

Séverine wusste in den folgenden Tagen kaum mehr ein und aus. Sie konnte mit niemandem darüber reden. So gerne hätte sie sich in die Arme von Andi geworfen. Bei ihm fühlte sie sich nicht nur geborgen, sondern auch geliebt. Zu ihm hatte sie volles Vertrauen. Aber sie müsste ihm die ganze Geschichte auftischen und dies erschien ihr unmöglich.

Der Tod von Jim hatte Séverine zwar sehr betroffen gemacht, aber Bedenken, dass der Vorfall negative Auswirkungen auf sie haben würde, hatte sie nicht. Der Unfall von Valet war schon schwerwiegender und stellte für sie eine Gefahr dar. Das Verbrechen an Bob war nun von ganz anderer Tragweite. Die Wahrscheinlichkeit, dass das Unglück etwas mit ihrem gemeinsamen Plan zu tun hatte, war gross. Natürlich war Séverine nicht verborgen geblieben, dass *Rocket* in England dreimal unplatziert gelaufen war. Das war für seinen Besitzer sicher eine Enttäuschung. Aber die Vermutung, dass er deswegen seine Wut an Bob Melon, dem ehemaligen Trainer ausgelassen hatte, war völlig abwegig. Ausser Bob und Sjörs kannte niemand die Zusammenhänge. Es hätte theoretisch sein können, dass der Buchmacher, den sie im Ritz kurz kennengelernt hatte, die Hände im Spiel hatte. Diese Möglichkeit schloss sie jedoch ebenfalls aus, weil Sjörs eine entsprechende Frage, die sie im Taxi an ihn gerichtet hatte, entschieden verneinte. Mit einer einleuchtenden Begründung: Wenn er sein Wissen an einen Buchmacher weitergegeben hätte, dann wären die Wettquoten auf *Last Loser* gesunken und er hätte sich ins eigene Fleisch geschnitten. Immer wieder fragte sie sich: Hat Sjörs dicht gehalten oder doch noch andere ins Geheimnis eingeweiht?

76 Der weitere Plan für Last Loser

Der dritte Sieg von *Last Loser* rückte nicht nur die immer wiederkehrende Skepsis von Andi Bucher, ob alles mit rechten Dingen zu und her ging, in den Hintergrund. Im Gegenteil, seine Erwartungen stiegen. Nun rückte ein Start im Hauptereignis der

Frühjahrsrennen von Baden-Baden in Reichweite. Als Trainer Boutin am Tag nach dem Rennen in Lyon berichtete, der Hengst sei gesund aus dem Rennen gekommen, waren Andi und Boutin sich schnell einig, dass das Rennen auf der Baden-Badener Rennbahn Iffezheim das nächste Ziel für *Last Loser* sein sollte. Andi war stolz. Sein Glück mit dem Pferd liess ihn vorübergehend sogar die Demütigung vergessen, welche Séverine ihm mit dem Doppelspiel als Liebhaberin zugefügt hatte.

Die Rolle als Besitzer eines Pferdes, das im Hauptereignis eines Meetings von Baden-Baden startet, war für Andi derart unerwartet und aufregend, dass es ihm für einmal gelang, auch seine Frau für einen Ausflug an ein Pferderennen zu gewinnen. Vera sagte allerdings nur mit der Einschränkung zu, erst am Vortag des Renntages von zuhause wegzufahren. Am Abend zuvor fand in Uster das Konzert ihrer Musikschüler statt. Auf den geplanten Opernbesuch vom Samstag verzichtete sie, um für einmal zu beweisen, dass sie das Hobby von Andi schätzte.

Bucher suchte ein Doppelzimmer in der Nähe der Rennbahn Iffezheim. Sowohl er als auch seine Frau fühlten sich in noblen Hotels nicht wohl. Es sollte auch dieses Mal nicht ein Fünfsternhotel sein, trotz der besonderen Stellung, die er als Besitzer eines Pferdes geniessen würde, das in einem

Gruppenrennen startete. Er hatte Glück. Im „Hirsch" in Hügelsheim war eine Buchung annulliert worden. Ausgerechnet in jenem Gasthof, der anlässlich der Baden-Badener Rennwochen seit Jahren Rennsportfachleute beherbergte. Da würde Bucher fachsimpeln können und nicht mehr wie bis anhin als Zaungast zuhören und mit Anstand staunen und nicken müssen. In seinem Beruf hatte er seinen Mann gestellt. Das war da und dort, vor allem in der obersten Etage seiner Versicherungsgesellschaft anerkannt worden. Aber in seinem Hobby war er erst in den letzten zwei Monaten und nur in Fachkreisen rund um das Pferdesportzentrum Dielsdorf als gleichwertiger Gesprächspartner akzeptiert worden. Man kam nicht darum herum zu anerkennen, dass er aus einem Verkaufsrennen für wenig Geld ein ausgezeichnetes Pferd gekauft hatte. Dass dabei Glück im Spiel war, und – das musste er sich eingestehen – die unerwartete Bekanntschaft einer attraktiven Französin zu diesem Glück geführt hatte, blieb sein Geheimnis. Irgendwie versöhnte er sich innerlich mit Séverine. Sollte er nicht darüber hinwegsehen, dass sie mehrere Verehrer hatte und zufrieden stellte? Und wenn er sicher sein konnte, dass Trainer Boutin Ordnung in seinem Stall und seinen Medikationsunterlagen hatte und ein Doping auszuschliessen war, weshalb sollte er denn nicht grosszügiger, toleranter sein und Séverine so akzeptieren, wie sie war: Schön, heissblütig und verführerisch.

77 Unfall

Seit dem Tod ihres Jack Russels schlief Julia schlecht. Die Autopsie des Hundes hatte ergeben, dass der Hund an einer Metavergiftung gestorben war. Wahrscheinlich hatte jemand am Rande der Einzäunung Metatabletten ausgelegt. Das laute Gebell, das die beiden Hunde in ihrem grossen Garten immer wieder machten, konnte kaum einen Nachbarn derart enerviert haben, dass er Gift auslegte. Hamers vermuteten einen Zusammenhang mit den Anfeindungen, denen Sjörs regelmässig als erfolgreicher Tierarzt von erstklassigen Sportpferden ausgesetzt war.

Es musste etwa um drei Uhr in der Nacht gewesen sein, als Julia Hamer einen Telefonanruf und kurze Zeit später Sjörs hörte, wie er das Haus verliess. Es war nicht aussergewöhnlich, dass ihr Mann mitten in der Nacht wegen eines Notfalls einen Anruf erhielt. Pflichtbewusstsein war eine Stärke ihres Mannes. Er war nach einem Notruf immer in kurzer

Zeit reisebereit. Um schnell zum Notfall zu gelangen, stellte Sjörs das Auto im Hof routinemässig in Abfahrtsrichtung bereit.

Julia ging wie üblich nach der Wegfahrt von Sjörs auch in dieser Nacht wieder ins Bett. Es fiel ihr nicht schwer, wieder Schlaf zu finden. Seitdem sie sich in Gregor verliebt hatte, machte sie allerdings stets noch den Umweg über eine träumerische Wolke, in der sie ihren Liebhaber zu Liebkosungen aufsuchte.

Tageslicht schien ins Zimmer, als kräftiges Hundegebell Julia aus dem Schlaf riss. Wenig später läutete die Hausglocke. Als Julia aus dem Fenster auf den Hof blickte, sah sie ein Polizeiauto und erschrak. Im Morgenrock lief sie ohne zu zögern die Treppe hinunter zur Diele. Ihr Jack Russel versperrte den Weg. Julia schloss den Rüden in der Küche ein und eilte dann zur Haustüre. Durch das Fenster erkannte sie einen Polizisten in Uniform und zwei gut gekleidete ältere Personen, ein Herr und eine Dame. Verwirrt und mit zittrigen Händen entriegelte und öffnete sie die Türe.

„Mam" sagte der ältere Herr. „Frau Muller und ich sind von der Stadtverwaltung. Wir überbringen eine betrübliche Nachricht. Dürfen wir eintreten?"

Die drei Besucher folgten Julia in den Salon. „Was ist passiert?" fragte Julia.

„Sie sind Frau Hamer, nicht wahr?"

„Ja, das bin ich" entgegnete Julia mit leiser Stimme.

„Wir müssen Ihnen mitteilen, dass ihr Ehemann heute Morgen mit dem Auto verunglückt ist. Er wurde bei Morgengrauen tot neben dem zertrümmerten Auto aufgefunden. Jede Hilfe kam zu spät." Und nach einer kurzen Pause fügte der Mann an: „Wir können Ihnen nur das herzliche Beileid aussprechen und Ihnen in den nächsten Stunden zur Seite stehen."

Julia war bleich geworden und rang nach Luft. Schliesslich fragte sie: „Wie konnte das nur geschehen? Sjörs fuhr immer vorsichtig."

„Der Unfall ereignete sich am Fuss des Hügels, also nicht weit von hier. Die Polizei ist daran, die Umstände abzuklären. Im Moment sieht es nicht so aus, als ob ein anderes Fahrzeug in den Unfall verwickelt war."

78 Pressemitteilungen

Die Nachricht vom tödlichen Unfall des bekannten Tierarztes Sjörs Hamer verbreitete sich in Pferdesportkreisen in Windeseile. Nicht nur die Fachmedien informierten. Auch den wichtigsten Tageszeitungen in Europa und den USA war der Unfall zumindest eine Kurznachricht wert. Nur bei wenigen fehlte der Hinweis, dass der Verunfallte im Ruf gestanden hatte, an zwei Weltreiterspielen und an einer Olympiade Pferde mit unerlaubten, schmerzlindernden Mitteln behandelt zu haben. In allen Mitteilungen war zu lesen, dass die Unfallursache noch nicht geklärt und Gegenstand von polizeilichen Ermittlungen sei.

79 Besuch der Polizei

Drei Tage nach dem Unfalltod von Sjörs Hamer stand der Kommandant des Polizeicorps Cork in Begleitung eines jungen Mannes in dezentem Businessanzug vor der Haustüre von Julia Hamer. Es stand ihnen eine schwierige Mission bevor. Nicht nur die Information der Witwe über die mutmasslichen Umstände des Todes ihres Gatten. Auch die

Ankündigung von intensiven Untersuchungen des irischen Morddezernats. Bereits als die beiden Männer auf den Hof gefahren waren, war ihnen ein roter Skoda Fabia aufgefallen. Der Skoda stand vor der Garage, so dass kein Auto aus der Garage ausfahren konnte. Die Männer wussten, dass es sich nicht um das Fahrzeug von Julia Hamer handeln konnte. Denn sie fuhr einen Chrysler.

Als Julia Hamer die Türe geöffnet hatte, sagte der Polizeikommandant: „Mam, ich muss Sie über ein unerwartetes Resultat der Todesumstände informieren. Darf ich Ihnen Leutnant Powel vom Morddezernat Dublin vorstellen?"

Betreten schüttelte Julia dem Polizeikommandanten und dem jungen Leutnant die Hände: „Was ist denn die unerwartete Information?"

„Dürfen wir eintreten und uns an einen Tisch setzen? Unser Gespräch wird längere Zeit in Anspruch nehmen" entgegnete der Polizist.

Kopfnickend liess Julia die Männer eintreten. Sie führte sie in den Salon und bot ihnen Sitzgelegenheiten vor dem Cheminée an. „Bitte nehmen Sie Platz und entschuldigen sie mich bitte für einen Moment. Ich habe noch Besuch und möchte ihn kurz verabschieden. Ich bin gleich zurück."

Als Julia zurückkam, sassen die zwei Männer schweigend in ihren Sesseln. Der jüngere hatte einen Laptop vor sich und das Gerät offensichtlich bereits in Betrieb genommen. Mit unsicherer Stimme sagte Julia:

„Ihr Erscheinen und Ihr Hinweis beunruhigen mich sehr. Bitte sagen Sie mir, um was es geht."

Der Polizeikommandant war sich gewohnt, ohne Einleitung zur Sache zu kommen:

„Wir müssen davon ausgehen, dass Ihr Mann nicht verunfallt, sondern einem Verbrechen zum Opfer gefallen ist. Die Untersuchungen haben ergeben, dass die Bremskabel des MG durchtrennt waren und Ihr Mann am frühen Morgen, zwischen 03.00 und 04.00 Uhr, ungebremst den Abhang hinunter gefahren und in einen Baum geprallt ist. Vermutlich war er auch nicht angegurtet. Diesbezüglich sind allerdings noch nicht alle Auswertungen vollständig. Es tut mir sehr leid, Ihnen diese Nachricht überbringen zu müssen."

Der Polizeikommandant hielt inne. Er wusste aus langjähriger Erfahrung, dass er in einer solchen Situation dem Gegenüber Zeit lassen musste, um die Information zu verarbeiten. Julia Hamer schien die Nachricht überrascht und schockiert zu haben. Nach geraumer Zeit fragte sie:

„Kann man wenigstens davon ausgehen, dass mein Mann einen schnellen Tod erlitten hat und keine Todeskämpfe überstehen musste?"

„Das dürfte zutreffen", entgegnete der Polizeikommandant.

Wiederum verstrichen Sekunden des Schweigens, die sich wie Minuten anfühlten. Schliesslich fuhr der Polizeikommandant fort:

„Weil es sich nicht um einen natürlichen Tod oder um einen Unfall handelt, muss die Untersuchungsbehörde alles Mögliche abklären. Wir wissen, dass dies für Sie sehr unangenehm ist. Aber ich hoffe, Sie haben Verständnis dafür."

Julia antwortete lange nicht. Schliesslich sagte sie:

„Der Tod meines Mannes war ein Schock. Diese Nachricht ist nun ein weiterer Schlag. Es wird mir bewusst, dass noch schwierigere Zeiten bevorstehen, als ich in den letzten Tagen erahnt hatte."

Wiederum war die Konversation durch eine Pause unterbrochen. Schliesslich fügte der Polizeikommandant an:

„Das Morddezernat wird ab sofort auch Sicherheitsmassnahmen in Ihrem persönlichen Interesse treffen. Der unbekannte Täter könnte versuchen, die Untersuchungen so gut wie möglich zu erschweren. Gefährdet sind vor allem Sie. Sie sind die wichtigste Auskunftsperson. Das Haus wird seit unserer Ankunft streng überwacht."

Und damit übernahm Leutnant Powel die Gesprächsführung:

„Sie stehen ab sofort unter Persönlichkeitsschutz. Wir wollen so schnell als möglich die beruflichen, aber auch die persönlichen Kontakte Ihres Mannes durchleuchten. Je besser Sie uns dabei helfen können, umso kürzer werden für Sie die Einschränkungen sein, die wir Ihnen auferlegen müssen."

Julia wurde klar, dass eine belastende Zeit bevorstand, schwieriger als sie es sich in den ersten Stunden nach der Nachricht vom Tod hätte vorstellen können. Je länger sie über die Konsequenzen der Todesursache nachdachte, desto klarer wurde ihr, dass auch ihr Verhalten in den letzten Jahren und Monaten unter die Lupe genommen würde.

80 Krank

Séverine war seit einigen Tagen mehr oder weniger erholt wieder ihrer gewohnten Arbeit im Stall nachgegangen. Sie war dabei, einer Stute nach dem Training an den Beugesehnen der Vorderbeine kühlenden Lehm aufzutragen, als Pierre Boutin an die Boxentüre trat und sagte: „Im *France Galop* steht, dass gestern früh der Tierarzt Hamer tödlich verunglückt ist. Vielleicht hat er es verdient. Jedenfalls gibt es jetzt einen weniger, der den Ruf unseres Sports versaut."

Séverine stiess vor Schreck den Lehmkübel um: „Was sagst du?"

„So steht es im *France Galop*. Der Unfall ereignete sich in Bantry auf seinem Grundstück. Komm ins Büro und lies selber."

Séverine ging unverzüglich ins Büro des Stalles und las den Bericht. Wortlos ging sie zur Stute zurück, um deren Behandlung zu beenden. Die Nachricht verschlechterte die lädierte Gesundheit von Séverine schlagartig. Schon wieder war ihr schlecht. Mit Mühe kämpfte sie sich durch den Vormittag. Als sie kurz vor Mittag in ihre Wohnung zurückkehrte, konnte sie sich kaum mehr auf den Beinen halten.

Nicht zum ersten Mal bereute sie es, sich auf das Abenteuer mit Last Loser eingelassen zu haben. Der Plan war perfekt aufgegangen. Pierre Boutin hatte seine Erfolge und Bob Melon und sie selber gewannen beim Wetten einiges Geld. Bisher war sie persönlich nicht behelligt worden. Aber die Serie von Unglücksfällen von Personen, welche in die

Sache involviert waren, war beängstigend. War Hamer an den Verbrechen an Jim und Bob beteiligt und hatte nun Gottes Strafe erfahren? Hat sie ihn falsch eingeschätzt? Oder war es ein Dritter, den sie nicht kannte? War sie als nächstes an der Reihe?

Séverine war nicht in der Lage, in den Abendstall zu gehen. Sie meldete sich bei Pierre mit der Mitteilung ab, sie sei noch nicht vollständig genesen und liege im Bett. Das tat sie auch. Aber anstatt zu schlafen, drehten sich die Gedanken im Kreis. Seit dem kurzen, wunderschönen Erlebnis im Hotel an der Faubourg Saint-Honoré dachte sie sehr viel an Andi Bucher. Ihn anzurufen wagte sie nicht, auch jetzt nicht, so gerne sie es getan hätte. Zu ihm hatte sie Vertrauen. Vielleicht konnte er ihr helfen.

Sie wusste nicht, wie lange sie schon im Bett gelegen hatte, als ihr Handy klingelte. Sie zögerte und entschied sich, den Anrufer auf die Combox zu lenken. Als sie schliesslich zum Handy griff, realisierte sie mit Schrecken, dass Hannes Lehr aus Bantry angerufen hatte. Umgehend hörte sie die Combox ab:

„Hallo Séverine, ruf mich bitte an. Die Polizei ermittelt wegen dem Tod von Hamer. Es war kein Unfall".

Séverine musste erbrechen. Als sie sich etwas erholt hatte, versuchte sie den ganzen Rest des Tages, Hannes Lehr telefonisch zu erreichen. Hannes antwortete nicht. Das machte sie nur noch nervöser. Endlich am späten Abend rief Hannes Lehr zurück.

Dieses Mal antwortete Séverine sofort: „Hallo Hannes, ich habe deine Mitteilung gehört. Was macht die Polizei?"

Hannes erwiderte: „Die Untersuchung hat ergeben, dass die Bremskabel von Hamers Auto getrennt waren, als er los und von seinem Haus den Hügel hinunterfuhr. Er benutzte seinen alten MG und da gibt es wohl in einer solchen Situation kein Warnsignal."

Séverine: „Das ist ja schrecklich. Wer kann das getan haben?"

Hannes: „Das möchte nun die Polizei wissen. Hamer hatte sicher viele Feinde. Darunter auch Neider. Aber du weisst ja, dass er mit Medikamenten für die Pferde nicht zimperlich umging."

Séverine: „Wieso bist du in die Angelegenheit involviert?"

Hannes: „Die Polizei hat unter anderem begonnen, seine Geschäftsakten zu durchsuchen. Da war auch eine Rechnung darunter, die er mir gestellt hat. Die Polizei geht nun allem nach. Sie war den ganzen Nachmittag hier oben. Plötzlich interessiert sie sich auch wieder für den Tod von Jim. Was das für einen Zusammenhang haben soll, ist mir schleierhaft. Mehr weiss ich nicht. Aber du hast Hamer ja auch gekannt."

Séverine: „Ja, das habe ich. Ich habe ihn erst kürzlich noch in Paris getroffen."

81 Andi in den Tagen vor Baden-Baden

Andi Bucher befand sich in den Tagen vor dem Rennen von *Last Loser* in Baden-Baden in einem Zustand freudiger, anhaltender Spannung. Immer wieder stellte er sich vor, wie das Rennen verlaufen könnte. Seit über einer Woche verfolgte er täglich, wie sich das Starterfeld im Grossen Preis der Badischen Wirtschaft veränderte. Welche Pferde als mögliche Teilnehmer gestrichen wurden, welche Pferde sich als definitive Starter abzeichneten, deren bisherige Rennleistungen, deren Vorliebe an der Spitze, im Mittelfeld oder am Schluss des Feldes zu galoppieren. Und schliesslich, welche Jockeys für die teilnehmenden Pferde verpflichtet wurden. Das Rennen liess Andi nicht mehr los.

Selbst bei den allmorgendlichen Spaziergängen mit seinem Hund war er in Gedanken in Baden-Baden. Die Erlebnisse mit und um Séverine traten vollkommen in den Hintergrund. Pferderennen konnten für einen Aktiven zum Virus werden. Das war bei Andi schon so gewesen, als er als Gymnasiast und als Student Amateurrennen ritt. Er hatte sich immer alle Mühe geben müssen, in den Schulstunden aufmerksam zu sein und seine Gedanken nicht auf die Rennbahn abschweifen zu lassen. Nun hatte es ihn wieder gepackt.

Mit unverkennbarem Stolz, mit hohlem Kreuz ging er am Mittwoch wieder einmal auf die Pferderennbahn in Dielsdorf, um in Kathys PMU-Bistro einige seiner Turffreunde zu treffen. Und natürlich wurde er sofort auf *Last Loser* angesprochen. Bereitwillig gab er Auskunft über die Trainingsvorbereitungen. Dabei schmückte er die telefonischen Informationen von Pierre Boutin noch etwas aus, wusste wie die aktuellen Witterungsverhältnisse in der Normandie waren, wann *Last Loser* in den Transporter nach Deutschland verladen werde und bekräftigte, dass im Rennen von Baden-Baden selbstverständlich *Last Losers* gewohnter Jockey im Sattel des Hengstes sitzen werde.

Der Unfall des niederländischen Tierarztes Sjörs Hamer in Bantry kam auch zur Sprache. Fast jeder gab eine Anekdote über den umstrittenen Veterinär zum Besten. Schliesslich war der Mann auch in der Schweiz als Tierarzt engagiert worden. Dabei profitierte Hamer bereits vom Bonus des Verstorbenen. In den Stories überwog das Positive. Andi war bei diesem Thema nur Zuhörer. Er liess nicht erkennen, dass er Hamer in Paris in einem ganz anderen Zusammenhang beobachtet hatte. Und er liess sich auch nicht anmerken, dass er dem Tod von Hamer durchaus Positives abgewinnen konnte.

Andi informierte seine Ehefrau Vera über Last Losers Reise nach Baden-Baden erst am Donnerstagabend. Vera interessierte sich nicht sonderlich dafür. In die Reise nach Baden-Baden hatte sie nur ihrem Gatten zuliebe eingewilligt. Immerhin war sie gespannt, den Trainer und dessen Partnerin kennenzulernen. Andi hatte seit letztem November immer wieder von diesen beiden Personen erzählt. Auch ein Wiedersehen mit der sympathischen Mitbesitzerin Sandra Keller war für Vera ein erfreulicher Aspekt des bevorstehenden Wochenendausflugs.

82 Unruhige Tage

In der folgenden Nacht fand Séverine keinen Schlaf. Sie hatte Angst. Sjörs und Jim waren in Bantry umgebracht worden, Bob wurde in Naas zusammengeschlagen aufgefunden. Und stand der mysteriöse Unfall, in den Chris Valet involviert war, auch in einem Zusammenhang mit diesen Ereignissen?

Am frühen Morgen übermittelte sie Pierre die Nachricht „Bin schwer krank und gehe zum Arzt, zu einem Vertrauensarzt." Zum Arzt ging sie auch. Aber sie wusste, was die Ursache ihres Zustandes war. Medikamente konnten nur Linderung verschaffen, aber die Probleme nicht lösen.

Tagelang drückte sich Séverine um eine Entscheidung, blieb fast immer zuhause und war apathisch. Sie erwartete die Einvernahme der französischen Polizei im Amtshilfeverfahren für die irische Untersuchungsbehörde. Das hatte Hannes Lehr im Zusammenhang mit dem Todesfall von Jim nun schon vor einigen Wochen angekündigt. Sie würde in den Fokus und unter Druck kommen, wenn die Polizei feststellte, dass sie auch mit Hamer Kontakt gehabt hatte. Was immer sie sich ausmalte, es war zum Kotzen.

Séverine wusste, dass Last Loser in Baden-Baden laufen sollte. Vor etwas mehr als einem Monat hätte sie auf dieses Ereignis erwartungsvoll hin gefiebert. Mit dem deutschen Pferderennsport war sie noch nie in Kontakt gekommen. Die Meetings in Baden-Baden waren eine Tradition und für französische Rennsportfans ein Ort, an dem man einmal gewesen sein musste. Dort würde sie Andi sicher wiedersehen.

Pierre Boutin blieb mit ihr telefonisch in Kontakt. Er vermied aber einen Besuch, weil sie ihn ausdrücklich darum gebeten hatte. Es war Mittwoch vor dem Wochenende, an dem Last Loser in Baden-Baden an den Start gehen sollte, als Pierre sie wieder anrief und bestätigte, dass der Hengst am Samstag reisen werde. „Ich weiss noch nicht, ob ich bis dann in der Lage sein werde, mitzukommen" gab Séverine nichtssagend zur Antwort. „Ich wünsche dir und Last Loser natürlich viel Erfolg", beendete sie das Gespräch.

In der Nacht von Donnerstag auf Freitag fasste Séverine einen Entschluss. Vor sechs Uhr bestieg sie ihr Auto nach Rennes, um dort mit dem TGV nach Paris zu gelangen. In Rennes fand sie fast keinen Sitzplatz. Ihr schien, dass alle nach Paris wollten. Das hatte sie so noch nie erlebt. Aber diese Unannehmlichkeiten waren jetzt Nebensache.

In Paris löste sie im Gare de Lyon eine Fahrkarte nach Zürich. Zu essen hatte sie nichts und wollte sie auch nichts. Ihr war schlecht. Sie benötigte Hilfe. Andi war der Einzige, dem sie sich anvertrauen konnte und wollte. Er war der Mann, den sie bewunderte. Er war klug und stand über der Sache.

Als der TGV die letzten Vorstadttunnels verlassen und Melun passiert hatte, wählte sie Andis Handynummer.

Andi realisierte sofort, dass der Anruf von Séverine kam. Er war alleine mit dem Hund auf dem Morgenspaziergang. Er fragte sich, was der Grund ihres Anrufes sein könnte. Einen Moment zögerte er, den Anruf anzunehmen. Schliesslich entschloss er sich dazu:

„Hallo Séverine, wie geht es dir?"

„Hallo Andi, ich bin froh, dich zu erreichen. Es geht mir nicht gut. Ich bin im Zug nach Zürich. Ich muss dich unbedingt sehen. Bitte mach es möglich, dass wir uns treffen. Ich komme um 13.37 in Zürich an."

Andi war verdutzt, aber auch berührt. Die Stimme von Séverine war für ihn wie Honig. Vergessen war die Verletzung, welche Séverine ihm zugefügt hatte. Ihre Stimme klang verzweifelt, ängstlich, flehend. Er fühlte sich mit ihr auf Anhieb verbunden, wie wenn er aus dem Traum in der Faubourg Saint-Honorè erwacht wäre und antwortete:

„Ja, ich hole dich auf dem Bahnsteig ab. Ich warte an der Spitze des Perrons."

83 Auf dem Bahnsteig

Andi haderte mit gegensätzlichen Gefühlen. Die Sehnsucht, diese faszinierende Frau in die Arme zu schliessen: Das Wissen, sich mit der Beziehung Probleme aufgehalst zu haben. Die völlige Ungewissheit, weshalb Séverine in offensichtlicher Verzweiflung nach Zürich kam, ausgerechnet jetzt nach dem dritten Sieg von Last Loser in Folge. Die Einsicht, dass er diese betörende Frau eigentlich überhaupt nicht richtig kannte. Die Kraft, welche die unvergesslichen Stunden der sexuellen Hingabe hinterlassen hatte. Das Bewusstsein, eine liebenswürdige, verständnisvolle, aufopfernde Ehefrau hintergangen zu haben und womöglich erneut zu hintergehen. Andi erwartete Séverine auf dem Bahnsteig mit Sehnsucht, Ungeduld, Bedenken und Unsicherheit.

Die Minuten, welche Andi am Kopf des Perrons wartete, fühlten sich wie Stunden an. Endlich entdeckte er sie hinter einer Gruppe Asiaten. In rotem Plüschmantel, mit den Collette-Locken, wie damals in Auteuil. Nur dieses Mal überschatteten Angst und Ungeduld die lieblichen und feinen Gesichtszüge. Sorgenvoll und übermüdet war der Blick, als Andi sie in die Arme nahm. Und sie schluchzte.

Andi war erleichtert, als er sah, dass sie nur wenig Gepäck mit sich führte. Umso drängender die Frage, weshalb sie nach Zürich kam. Als er den kleinen Koffer ergriff und Séverine bei der Hand nahm, spürte er, dass sie ihr Selbstvertrauen verloren hatte und wie sie zitterte. Er empfand Mitgefühl. Ohne eigentlich zu wissen wofür. Still durchquerten sie die Bahnhofhalle. Im Seitengang zur Bahnhofstrasse, zwischen Kiosk und Sprüngli blieben sie stehen. Es dauerte lange Sekunden, bis sich die beiden in die Augen sahen. Andi fragend, Séverine in Tränen.

„Komm, wir gehen einen Kaffee trinken. Dann erzählst du mir, was vorgefallen ist" beendete Andi das Schweigen.

Andi und Séverine gingen ins *Au Premier* und suchten sich einen Tisch in einer schlecht einsehbaren Ecke.

84 Das Urteil von Chris Valet

Zur gleichen Zeit als Andi und Séverine in Zürich durch die Bahnhofhalle zum *Au Premier* liefen, ritt auf der englischen Rennbahn Newmarket der französische Jockey Valet *Rocket* zum Absattelring zurück. *Rocket* war auch in seinem vierten Rennen in England unplatziert geblieben. Als Valet die Gurte löste, um den Sattel vom Pferd zu nehmen, und Trainer Johnson neben ihn trat, schüttelte Valet den Kopf. Auf der Stirne seines noch jungen Gesichts zeichneten sich Runzeln ab. „Er hat sich überhaupt nicht wie früher verhalten. Schon in die Startboxe ging er nur sehr zögernd. In Irland drängte er fast ungeduldig hinein. Als sich die Boxentüre öffnete, sprang er erst auf meine Aufforderung und verspätet ab. In Irland war er immer einer der ersten gewesen. Und im Rennen galoppierte er lustlos, absolut ohne Ehrgeiz. Er ist wie ein ganz anderes Pferd. Ich verstehe das nicht."

Johnson und Jack Kimberley, der inzwischen auch dazugekommen war und die Bemerkungen von Valet mitgehört hatte, sahen sich wortlos und verdutzt an. Nach einiger Zeit sagte Johnson:

„Ich hatte mir vor einigen Tagen überlegt, ob ich nicht mit dem ehemaligen Trainer Kontakt aufnehmen sollte. Das ist zwar nicht üblich. Aber in diesem Fall hätte ich es getan. Dann hörte ich, dass Trainer Melon im Spital liegt und bewusstlos ist."

Kimberley seufzte hörbar: „Das können Sie vergessen. Der sagt nichts mehr. Er ist am Mittwoch gestorben."

„Warten Sie einen Augenblick" sagte daraufhin Johnson und ging in die Garderobe der Jockeys. Als er einige Minuten später wieder zu Kimberley stiess, ergänzte er: „Valets Aussagen sind recht eindeutig. Ich will es jetzt wissen und veranlasse einige Abklärungen. Die Kosten übernehme ich selber."

85 Untersuchungen in Cork

Bei der Hausdurchsuchung bei Hamers in Bantry stellte die irische Polizei diverse Dokumente sicher, insbesondere die Unterlagen der Buchhaltungen. Nur eines davon konnte helfen, Licht in den mysteriösen Unfalltod zu bringen. Es war ein Zahlungseingang in der Höhe von 50'000 Euro. Er wich betragsmässig von den üblichen Honorareinnahmen des Tierarztes deutlich ab. Diese gingen hauptsächlich auf ein Bankkonto in Holland oder auf ein

Bankkonto in Irland ein. Der Zahlungseingang über 50'000 Euro war mit dem Vermerk „Pferdekauf" auf ein Bankkonto auf der Insel Jersey überwiesen worden.

Die Polizei klärte auch ab, wer bei Julia Hamer auf Besuch war, als der Polizeikommandant und der Leutnant des Morddezernats aus Dublin die Untersuchung aufnahmen. Das Auto gehörte einem Musiklehrer, der in der Folge überwacht wurde. Hinzu kam die Tatsache, dass der Verstorbene der Polizei schon mehrmals gemeldet hatte, dass er das Opfer von Morddrohungen war. Bei der Auswertung der Schengen-Akten ergab sich, dass der Verunfallte bei Grenzübertritten schon mehrmals Medikamente mit sich führte, die als verbotene Mittel auf der Dopingliste von Pferden vermerkt sind. Erschwerend war bei der Beurteilung dieser Feststellungen die Tatsache, dass die Anwendung der Produkte ausserhalb von Wettkämpfen zugelassen war.

Für die Untersuchungsbehörden war die Aufgabe, den oder die Mörder zu finden, anspruchsvoll. Es gab mehrere Motive. Keines schien dominant. Die verschiedenen Merkwürdigkeiten liessen zudem keinen Zusammenhang erkennen. Die Polizei hatte bereits entschieden, die Arbeiten für einige Zeit zu unterbrechen, als der Leiter der Untersuchungsbe-

hörde Kildare feststellte, dass der zusammenge-
schlagene Trainer Melon im November und im Dezember in Bantry gewesen war, am selben Ort, in
welchem der Stallknecht Jim gearbeitet hatte. Der
betreffende Stall Lehr gehörte gemäss Buchhal-
tungsunterlagen zu den Ställen, in denen Hamer ab
und zu als Tierarzt tätig war.

86 Séverines Erklärung

Bevor Séverine am Tisch des *Au Premier* Platz
nahm, suchte sie die Garderobe auf. Andi hatte
Verständnis, dass ihre Abwesenheit längere Zeit
dauerte. Er spürte, dass er sich in diese Frau verliebt hatte. Die Gefühle kehrten zurück und waren
so intensiv wie kaum je zuvor. Er hatte sich gegen
diese Gefühle gewehrt, nachdem er Séverine mit
Hamer vor dem Ritz gesehen hatte. Und er hatte
geglaubt, vom Virus Séverine geheilt zu sein. Aber
jetzt waren die intensiven Gefühle wieder voll da.
Waren es seine Hormone, die ihre teuflische Wirkung zeigten? Er sah Séverine wieder nackt auf
ihm sitzen, wie sie sich bewegte, wie sie stöhnte.
Oder war es die Nachricht vom Tod Hamers, die
bedeutete, dass er einen Nebenbuhler weniger
hatte?

Als Séverine ihm gegenüber Platz nahm, kam auch der Kellner und fragte: „Was möchten Sie trinken?"

Séverine wünschte einen Verveine-Tee, Andi bestellte für sich eine Stange Bier.

„Ich weiss, dass ich dich mit meinem Besuch überfalle" begann Séverine. „Aber du musst mir helfen. Ich habe niemanden, der mir sonst helfen könnte. Und ich habe niemanden, dem ich mich anvertrauen will. Aber es ist schlimm" begann Séverine. Dabei schaute sie Andi nicht nur hilfesuchend an, sondern auch mit wässerigen Augen, einer Mischung von Trauer und Hoffnung.

Andi nickte zustimmend und auffordernd. Séverine fuhr fort: „Es geht mir schlecht. Ich habe Angst, umgebracht zu werden. Es ist alles so kompliziert. Und ich habe dich hintergangen. Das tut so weh, weil ich dich so sehr liebe. Ich kann nicht mehr." Und mit diesen Worten begann Séverine zu schluchzen. Sie zitterte und begrub ihr Gesicht hinter einem grossen Taschentuch.

„Ich weiss, dass du mich hintergangen hast" entgegnete Andi. „Das hat mich sehr verletzt, aber das ist nun Nebensache. Hamer ist ja gestorben, und ich nehme an, du hast nichts damit zu tun".

Séverine senkte augenblicklich das Taschentuch und blickte Andi verständnislos und erschrocken an: „Was weisst du von Hamer? Was soll ich mit seinem Tod zu tun haben?"

„Ich habe gesehen, wie du mit Hamer zusammen das Ritz verlassen hast, wenige Stunden nachdem du dich mir hingegeben hast. Das hat mich in ein tiefes Loch gestürzt", erwiderte Andi.

Séverine sah Andi erstaunt an: „Das wusste ich nicht" und nach einer Pause: „Ich habe nicht mit Hamer geschlafen. Zum Glück kam es nicht dazu. Nein, es ist viel schlimmer. Ich habe Angst. Ausser Hamer sind noch zwei andere Personen umgebracht worden, die ich gut gekannt habe. Das hat alles einen Zusammenhang. Aber ich weiss nicht, wer dahinter steckt. Als nächste bin ich an der Reihe."

Séverine schluchzte wieder und zitterte. Andi realisierte, dass es um mehr als um Beziehungen ging und das Gespräch lange dauern würde. Das liess sich nicht bei einem Tee im *Au Premier* erledigen.

„Hast du für heute Nacht in Zürich ein Zimmer reserviert?" fragte er. Und als sie den Kopf schüttelte, fügte er an: „Ich habe für dich provisorisch ein Hotelzimmer gebucht. Ich nehme an, dass du morgen nach Baden-Baden kommst. Das Hotel liegt hier in der Nähe. Wir können zu Fuss gehen. Dann kannst du mir erklären, wo dein Problem liegt." Séverine

nickte. Andi bezahlte die Konsumation, nahm Séverines Rollkoffer und ging voraus zum Lift. Wenig
später überquerten sie unter dem Denkmal von Alf-
red Escher den Bahnhofplatz, spazierten durch die
Schützengasse und gelangten über den Beaten-
platz und über den Bahnhofquai auf den Mühlesteg. Die Wolken hatten an diesem späten Mai-
nachmittag der wärmenden Sonne Platz gemacht.
Hinter dem Grossmünster, der Wasserkirche und
dem Fraumünster lagen die noch schneebedeck-
ten Alpen im Abendlicht. Séverine trug ihr Jackett
unter dem Arm. Ihr wohlgeformter Busen zeichnete
sich unter einer hellblauen Bluse ab. Und obschon
in ihrem Gesicht Sorgen und Angst standen, be-
zauberte ihn diese Frau von neuem.

Beim Warten auf die Ankunft von Séverine hatte
sich Andi geschworen, sich nicht noch einmal von
dieser Frau verführen zu lassen. Als er jetzt Séverine von der Seite betrachtete, war er sich der Sache nicht mehr so sicher. War es so, dass sie mit
Hamer keine Beziehung gepflegt hatte, sie nach
ihm Verlangen verspürte und sie ihm so sehr vertraute?

Er ahnte nicht, dass die Reize dieser faszinierenden Frau für ihn sehr bald kein Thema mehr sein
würden.

87 Johnson wird aktiv

In Newmarket nahm Trainer Johnson noch auf dem Rennplatz mit Rossdales, der ihm vertrauten Pferdeklinik, Kontakt auf. Die Telefonverbindung wurde umgehend zu Veterinär Smith umgeleitet. Mit Smith verband Johnson eine langjährige Freundschaft. Er schilderte ihm seine Erfahrungen mit Rocket und die Aussagen von Jockey Valet:

„Wie können wir feststellen, ob Rocket wirklich das Pferd ist, das im letzten Jahr in Irland so erfolgreich gelaufen war?"

„Das muss ich dir als jahrzehntelang erfolgreichem Trainer eigentlich nicht erklären", erwiderte Smith.

„Ja, Pferdepass und Chip, ich weiss. Aber wenn da etwas nicht stimmt. Wenn etwas vertauscht worden ist. Kannst du eine DNA-Analyse vornehmen? Mutter und Vater von Rocket leben noch und sind hier in der Nähe auf zwei Gestüten" antwortete Johnson hörbar enerviert.

Smith entgegnete mit etwas Verzögerung: „Das haben wir bisher bei Pferden noch nie gemacht. Aber möglich ist es schon, sofern die Besitzer des Deckhengsts und der Stute einwilligen. Oder dann müsste eine polizeiliche Verfügung vorliegen. Ob du so leicht zu dieser kommst, würde ich bezweifeln. Aber ich kenne in beiden Ställen das Personal und ich komme in zehn Minuten in deinen Stall und schau mir den Hengst nochmals genauer an. Wir haben ihn ja kürzlich schon untersucht und nichts Negatives festgestellt."

88 Im Hotel

Séverine wünschte, das Hotelzimmer ohne Begleitung zu beziehen: „Ich möchte mich nach der langen Reise frisch machen und komme möglichst bald wieder hinunter." Andi war froh, dass die beklemmende Unsicherheit, wie er sich im Hotelzimmer verhalten sollte, verflog.

Schon bei der Auswahl des Hotels hatte sich Andi überlegt, wo er am besten einen guten Ort für ein vertrauliches Gespräch finden könnte. Die Lobby war mit dem angegliederten Restaurant verbunden. Dort setzte sich Andi an einen Tisch in der Ecke. Sie war nur von der Hotellobby einsehbar. Er spürte seine Ungeduld. Es musste etwas Gravierendes vorgefallen sein.

Als Séverine in die Lobby zurückkehrte und zu Andi ins Restaurant schritt, wirkte sie gepflegt. Aber trotz sorgfältigem Make-up war unverkennbar, dass die Frau von Ängsten geplagt war. Als sie näher trat und sich ihm gegenüber setzte, nahm Andi wahr, dass sie zitterte. Kaum hatte er zwei Portionen Tee bestellt, stellte er sie zur Rede:

„Was macht dir so grosse Sorgen, dass du mich in Zürich aufsuchst?"

Severine benötigte einige Zeit, um ein Schluchzen zu überwinden. Schliesslich erzählte sie mit gequälter Stimme:

„Ich habe eine grosse Dummheit begangen. Ich wollte Pierre endlich zu einem Erfolg verhelfen und dir auch. Es ergab sich die Gelegenheit, den von dir ersteigerten *Last Loser* gegen ein haargenau gleich aussehendes irisches Pferd auszutauschen, einen Vollblüter, der schon sehr gute Leistungen gezeigt hatte."

Séverine fuhr fort, Andi alle Einzelheiten des Pferdetausches in Bantry zu erläutern. Immer wieder hielt sie inne, um zu schnäuzen und sich Tränen aus den Augen zu wischen, während Andi stumm gegenüber sass und sich immer wieder fragte, ob er einen bösen Traum hatte oder ob es wirklich wahr sein konnte, was ihm da aufgetischt wurde. Séverine unterbrach ihre detaillierte und langatmige Geschichte immer wieder mit der Beteuerung, ihren Plan nicht aus eigenem Interesse, sondern für die anderen umgesetzt zu haben. Sie streute diese Behauptung so häufig in die Erzählung ein, dass sie je länger je weniger überzeugend wirkte. Aber sie half Andi nach und nach, den Gesamtzusammenhang und die Motive zu erkennen, welche Séverine und den Irländer Melon dazu verleitet hatten, den gewagten Pferdetausch vorzunehmen. Dass es Séverine gelungen war, einen Tierarzt zum Austausch der Chips zu bewegen, verwunderte ihn nicht. Er realisierte schnell, dass Hamer Teil des bösen Spiels war.

Andi wurde es zunehmend schlecht. Es half nicht, dass Séverine unter Tränen gestand, dass er ihr immer sympathischer geworden war, die Erlebnisse mit ihm in der Normandie und vor allem in Paris unvergesslich bleiben würden und sie sich kaum je so sehr in einen Mann verliebt habe. All diese Geständnisse von Zuneigung und Liebe waren für ihn leere Worthülsen. Er realisierte immer deutlicher, dass es kein böser Traum war, den er erlebte, sondern dass er selber in eine katastrophale Situation geraten war. Dem Gespött ausgesetzt zu sein, war das Wenigste. Im Zusammenhang mit dieser verrückten Geschichte hatten mehrere Menschen ihr Leben verloren. Er hatte von allem nichts gewusst, und nun war sein Name für alle Medien erkennbar involviert. Das Gespräch zwischen Séverine und ihm dauerte nun über zwei Stunden. Aber je mehr er erfuhr, umso weiter entfernt erschien ihm eine Lösung des Problems. Wenigstens hatte er den Eindruck, dass Séverine ihm reinen Wein eingeschenkt hatte. Ihre Befürchtung, dass die Killer von Jim, Bob und Sjörs nun ihr an den Kragen gehen könnten, war verständlich.

Es war längst dunkel geworden. Das ohnehin nicht stark besuchte Restaurant hatte sich fast ganz entleert. Der Kellner hatte vor einiger Zeit gefragt, ob er die Speisekarte bringen könne, dann aber festgestellt, dass die beiden Gäste ein spezielles Gespräch führten und nicht darauf bestanden, eine Antwort zu erhalten. Weder Séverine noch Andi war zum Essen zumute gewesen.

„Ich empfehle dir, ins Zimmer zu gehen und zu versuchen, Schlaf zu finden. Hier im Hotel bist du sicher. Niemand weiss, dass du hier bist. Ich überlege, was sich tun lässt und bin morgen früh um neun Uhr wieder hier im Hotel. Dann können wir das weitere Vorgehen besprechen." Andi verabschiedete sich von Séverine mit distanzierter Zurückhaltung. Séverine war erleichtert, dass Andi nicht in Wut ausgebrochen war.

89 Mit sich alleine

Andi zog seine Schirmmütze tief ins Gesicht. Auf dem Weg zum Bahnhof Stadelhofen wählte er das von Spaziergängern kaum benutzte Trottoir entlang der Limmat. Auf dem Bahnhof mied er jeglichen Kontakt mit anderen Zugpassagieren und in der S-Bahn setzte er sich in ein vom Vordersitz abgeschirmtes Zweierabteil. Er wusste nicht, wo ihm der Kopf stand. Hätte es nicht Aufmerksamkeit hervorgerufen, er hätte seinem Frust mit lautem Schreien Luft verschafft. Stattdessen blickte er stumm zum Fenster in die Nacht hinaus. Beinahe hätte er vergessen, in Wetzikon auszusteigen. Er bestieg seinen Oktavia, fuhr aber nicht sofort aus dem Parkplatz. Er fühlte sich wie gelähmt. Schliesslich lenkte er seinen Wagen zögernd aus dem Parkfeld. Auf dem schon fast leeren grossen Parkplatz der Sportanlage hielt er wieder an und liess sich alles nochmals durch den Kopf gehen. Er erinnerte sich auf einmal an die Bemerkungen, die Sandra Keller über ihren Besuch von Last Loser auf der Weide gemacht hatte, als sie dem Pferd Rüben fütterte. Und es kam ihm die eigenartige Antwort von Last Loser anlässlich der Pferdekommunikation in den Sinn. Er hätte aufmerksamer sein sollen. Die aussergewöhnlichen Leistungssteigerungen von Last Loser hatten bei ihm Ängste geweckt, als unbescholtener Bürger in einen Dopingskandal involviert zu werden. Ein Skandal war das Letzte, dem er sich aussetzen wollte. Zwar hing seine berufliche Laufbahn als Pensionierter nicht mehr von seinem Ruf ab. Aber er hatte immer sehr Wert darauf gelegt, sich korrekt zu verhalten. Und seine Frau stand als Musiklehrerin und Konzertpianistin immer noch in der Öffentlichkeit. Schliesslich rang er sich zum Entscheid durch, nach Hause zu fahren und die leide Geschichte Vera zu beichten.

Vera sass am Küchentisch vor ihrem Tee, den sie sich gewohnheitsmässig vor dem Schlafengehen zubereitete. Sie schien guter Laune zu sein. Kaum hatte Andi die Haustüre ins Schloss gelegt, rief sie:

„Mit dem Hund habe ich den Spaziergang schon gemacht. Es war so schön bei dieser klaren Nacht." Und als Andi in die Küche trat, ergänzte sie: „Meine Schüler haben alle ihre Konzertstücke gut bis ausgezeichnet vorgetragen. Es war eine Freude."

Dann stockte sie und sah Andi verwundert an: „Was ist los mit dir? Du siehst alles andere als glücklich aus."

Andi legte sofort los. Kaum je war er so dankbar gewesen, mit einer Frau verheiratet zu sein, welche in schwierigen Situationen die Ruhe bewahren und sachlich argumentieren konnte. Dieses Mal schwieg sie lange Zeit, als Andi geendet hatte.

Aber als er fragte, „Was soll ich tun?" antwortet sie unverzüglich:

„Ich glaube nicht, dass ich dir sagen muss, was du zu tun hast. Du hast immer gesagt, dass man zu einem Fehler stehen muss und man nicht versuchen soll, sich herauszuwinden, weil es dann nur noch schlimmer kommt. Du hast häufig davon erzählt, dass viele Wirtschaftsdelinquenten den point of no return verpasst haben und daher ins Elend gefahren sind, anstatt ihre Fehler rechtzeitig zu beichten. Ich bin überzeugt, dass du so handeln wirst, wie du es stets von anderen erwartet hast."

90 Erste Erkenntnisse

Die Pferdeklinik in Newmarket arbeitete schnell. Zu unüblich früher Morgenstunde stand am Samstag fest, dass Rocket nicht der Sohn der im Pferdepass vermerkten Eltern war. Und dort, wo sich am Pferdehals unter der Haut der Chip verbarg, war bei genauem Hinsehen eine kleine Narbe auszumachen, die nicht von der ursprünglichen Implantation der Erkennungsmarke stammen konnte.

Als Trainer Johnson diese Nachricht erhalten hatte, nahm er umgehend mit der British Horseracing Authority Kontakt auf, um die Feststellung zu melden. Nur dank seinen guten Beziehungen und Kenntnissen war es ihm überhaupt möglich, an einem Samstag die für diese aussergewöhnliche Situation zuständige Person ausfindig zu machen. Johnson teilte auch mit, dass der französische Jockey Valet ihm gesagt hatte, vor etwa einem Jahr in Frankreich ein Pferd geritten zu haben, das Rocket zum Verwechseln ähnlich sah. Johnson informierte dann telefonisch auch den Besitzer Kimberley. Jack Kimberley fiel aus allen Wolken. Im ersten Augenblick wusste er nicht, ob es sich um eine gute oder um eine schlechte Nachricht handelte. Dann aber spürte er Erleichterung, und sofort kam bei ihm der Verdacht auf, der ehemalige Trainer Melon könnte der Verursacher des Unheils gewesen sein.

Im British Horseracing Board in London läuteten die Alarmglocken, wenig später auch in Paris bei France Galop.

91 Bei der Polizei

Séverine Marlin hatte schlecht geschlafen. Um neun Uhr war sie in der Lobby des Hotels mit Andi verabredet. Im Traum war Andi ihr dieses Mal als rettender Engel erschienen, aber ein Engel mit einem grimmigen Gesicht und schwarz umrandeten Flügeln. Er sass auf einem schwarzen Pferd mit zwei Köpfen, mit dem er versuchte, im Galopp durch die Gassen der Altstadt Zürichs die ihn verfolgenden Polizisten abzuhängen und immer wieder, sie auf den Rücken des Pferdes hochzuheben, um mit ihr das Weite zu suchen. Schweissgebadet war sie zu früher Morgenstunde erwacht.

Bis sie Andi in der Lobby traf, ging ihr das Abenteuer mit Last Loser und Rocket im Zeitraffer durch den Kopf. Sie hatte noch immer nicht den Mut aufgebracht, ihren Geschäftspartner Boutin zu orientieren und zu warnen. Es war nicht ausgeschlossen, dass auch ihm Unheil drohte. Wussten die Mörder von Jim, Bob und Sjörs, dass Pierre Boutin ahnungslos und daher keine Gefahr war?

Séverine hatte keinen Appetit auf ein Frühstück. Sie sass mit einem Glas Tee und einem Croissant in der Lobby, als Andi das Hotel betrat. Seine Miene war ernst. Er begrüsste Séverine reserviert, aber mit Anstand. Er setzte sich neben sie und begann sie davon zu überzeugen, dass sie mit einer Selbstanzeige bei der Polizei das Bestmögliche aus der vertrackten Situation machen könne:

„Damit entlastest du deinen Geschäftspartner, mich und Sandra Keller" und er fügte mit Nachdruck hinzu: „Vor allem wirst du dank der Selbstanzeige milder bestraft werden und du kannst hoffen, umgehend Polizeischutz zu erhalten. Sobald die Mörder erfahren, dass du bei der Polizei bereits ausgesagt hast, bist du weniger gefährdet."

Séverine hörte gefasst zu. Dann begann sie zu schluchzen, leise und zunehmend zitternd. Vermutlich hatte sie sich mit diesem Gedanken schon befasst. Jedenfalls nickte sie nach einigen Minuten zustimmend. Wenig später marschierten Andi und Séverine gemeinsam auf dem Mühlesteg über die Limmat zur Hauptwache der Stadtpolizei Zürich.

Für die Zürcher Polizei war die Selbstanzeige einer Französin für Verfehlungen, welche sie im Ausland begangen hatte, aussergewöhnlich. Es benötigte anfänglich der Beharrlichkeit von Andi, damit die Beamten die Ernsthaftigkeit, Komplexität und Dringlichkeit der Angelegenheit erfassten und zu handeln begannen. Schliesslich war noch keine Stunde seit Betreten der Polizeistation verstrichen, als Séverine von einer französischsprachigen Polizistin einvernommen wurde. Ein Polizeiwachmeister und Andi sassen daneben und hörten zu. Andi erläuterte von Zeit zu Zeit auf Deutsch Fachausdrücke des Pferderennsports.

Wie Andi erwartet hatte, wurde Séverine nach der Unterzeichnung des Protokolls auf freien Fuss gesetzt. Sie erreichte noch am frühen Nachmittag den TGV nach Paris. Die Verabschiedung auf dem Bahnsteig war kurz und nüchtern. Séverine und Andi hatten beide Tränen in den Augen. Die Träume waren zerstört und hatten der Realität Platz gemacht.

92 Baden-Baden

Andi setzte sich ins Auto und fuhr nach Baden-Baden. Seit dem Sieg von Last Loser in Lyon hatte er keinen Tag verbracht, ohne sich dieses besondere sportliche und gesellschaftliche Ereignis auszumalen. Besonders gefreut hatte er sich, dass Vera bereit gewesen war, ihn zu begleiten. Der Festlaune war Bitterkeit gewichen. Scham erfüllte ihn. Aber es war für ihn keine Frage, dass er in den sauren Apfel beissen musste.

Dass nun Vera auf diese Reise verzichtete, war für Andi selbstverständlich. Er war schon froh genug, dass Vera es unterlassen hatte, ihm Vorwürfe zu machen. Im Gegenteil. Sie war sich bewusst, dass er eine bittere Enttäuschung erlitten hatte. Es war ihr nicht verborgen geblieben, dass er wenig und sehr schlecht geschlafen, sich im Bett dauernd hin- und her gewälzt hatte und Zeit benötigte, um über den Reinfall hinwegzukommen. Vera hatte ihn am Morgen vor der Wegfahrt aufgemuntert, dem Übel in die Augen zu schauen und das Beste aus der misslichen Situation zu machen.

Andi versuchte auf der Fahrt, Sandra Keller telefonisch zu erreichen. Sie nahm das Telefon jedoch nicht ab. Vermutlich war sie im Zug auf der Fahrt nach Baden-Baden. Sie hatte eine Notiz hinterlassen, dass sie sich das Ereignis eines Starts von Last Loser im Hauptereignis des Frühjahrsmeetings von Baden-Baden nicht entgehen lassen wolle.

Am frühen Morgen hatte sich Andi trotz der peinlichen Situation für einen dunklen Anzug mit Krawatte entschieden. Dass er auf dem noblen Rennplatz Baden-Baden und ganz besonders im Führring vor dem Hauptrennen wenn nicht wie in Ascot im Frack und Zylinder, so doch wenigstens im dunklen Anzug erscheinen würde, war eine Selbstverständlichkeit gewesen. Je näher er nun der Rennbahn in Iffezheim, dem Vorort von Baden-Ba-

den, kam, desto mehr widerstrebte es ihm, den erfolgreichen Rennstallbesitzer vorzugaukeln. Die so
sehr beklatschten und bewunderten Erfolge von
Last Loser waren Täuschung und Betrug. Er riss
sich die Krawatte vom Hals und öffnete den obersten Hemdenknopf. Auf dem grossen Parkplatz der
Rennbahn achtete er darauf, seinen Oktavia nicht
bei der Prominenz, sondern auf dem Parkplatz fürs
allgemeine Publikum abzustellen. Es war ein war-
mer Spätfrühlingstag. Andi liess die Anzugsjacke
im Auto und betrat den Rennplatz im Hemd.

Der Samstagsrenntag als Vorspann des Haupt-
renntags vom Sonntag ging schon dem Ende entgegen, als Andi vor den Schalter des Sekretariats
trat. In seinem Rücken versammelten sich viele Zuschauer am Führring. Sie warteten auf die Pferde,
die in den Sattelboxen für das letzte Rennen gesattelt wurden. Andi erklärte der Dame am Schalter,
dass er für das morgige Hauptrennen sein Pferd
streichen wolle. Als er der Dame den Namen des
Pferdes genannt hatte, verliess sie den Schalter mit
der Bemerkung „einen Moment bitte". Sie verliess
das Zimmer. Es dauerte geraume Zeit, bis die Frau
zum Schalter zurückkehrte. Bevor sie sich an den
Schweizer wandte, schaute sie flüchtig links und
rechts an ihm vorbei. Dann sagte sie:

„Wie ist ihr Name? Haben Sie einen Ausweis auf
sich?"

Kaum hatte Andi seinen Schweizer Besitzeraus-
weis auf den Schalter gelegt, antwortete die Dame:

„Last Loser wurde bereits von der Rennleitung gestrichen."

Noch bevor Andi eine Frage stellen konnte, misch-
ten sich zwei Männer in die Unterhaltung ein. Sie
standen hinter ihm. Als sich Andi umdrehte, wiesen
sie sich als Polizisten in Zivil aus. Sie forderten Andi
auf, mit ihnen aufs Revier zu kommen. Andi verzichtete darauf, Fragen zu stellen.

Epilog

Andi Bucher wurde von der Polizei in Baden-Baden in Untersuchungshaft gesetzt. Es kam für ihn unerwartet, dass die Polizei so schnell zuschlug. Er hatte aufgrund der Geständnisse von Séverine Marlin zwar damit gerechnet, dass er sehr bald in ein Strafverfahren verwickelt sein würde. Dass er schon in Baden-Baden verhaftet würde, darauf war er nicht vorbereitet. Er musste alle seine Wertsachen, vor allem auch sein Handy abgeben. Man sicherte ihm zu, seine Ehefrau über die Verhaftung in Kenntnis zu setzen.

Andi wusste nicht, dass einige Zellen weiter auch Trainer Pierre Boutin in Untersuchungshaft sass. Boutin, der wie Last Loser und Bucher auch am Samstag angereist war, wurde in Gewahrsam genommen, als er sich im Trakt der Gästestallungen erkundigen wollte, ob sein Pferd gut gereist war. Boutin verstand überhaupt nicht, weshalb er von der Polizei abgeführt wurde. Er protestierte und betonte mehrfach, dass es sich um eine Verwechslung handeln müsse. Vergeblich!

Bucher und Boutin hatten keine Kenntnis davon, dass Scotland Yard am Samstagmorgen aufgrund einer Mitteilung des British Horseracing Board sofort mit France Galop Kontakt aufgenommen hatte.

Die präzisen Angaben von Jockey Valet liessen es schnell als wahrscheinlich erscheinen, dass der in Frankreich in der laufenden Rennsaison so unerklärlich stark gesteigerte Last Loser mit dem in England stationierten Rocket ausgetauscht worden war. France Galop übermittelte der deutschen Rennbehörde Direktorium für Vollblutzucht und Rennen für *Last Loser* umgehend ein Startverbot. Die französische Polizei schrieb den Trainer sowie den Hauptbesitzer von *Last Loser* zur Verhaftung aus. Das Schengener Abkommen ermöglichte eine schnelle Abwicklung.

Als Sandra Keller am Sonntag kurz vor Mittag auf dem Rennplatz Iffezheim eintraf, nahm sie mit Verwunderung und grosser Enttäuschung wahr, dass auf der Tafel der Programmänderungen im Hauptrennen *Last Loser* als Nichtstarter vermerkt war. Sandra Keller versuchte umgehend, Andi Bucher telefonisch zu erreichen. Auf seinem Handy meldete sich nur die Combox. Am späten Nachmittag gelang es ihr, auf seiner Schweizer Festnetznummer seine Ehefrau Vera zu kontaktieren. Diese erläuterte ihr in einem langen Gespräch, was sie in den letzten 48 Stunden von Andi erfahren hatte. Sandra Keller war sehr enttäuscht. In den folgenden Tagen überlegte sie sich immer wieder, weshalb sie der Verwechslung der Pferde nicht auf die Schliche gekommen war. Dabei erinnerte sie sich an das unerwartete Verhalten von „Last Loser" beim Weidebesuch in der Bretagne, als der Hengst so schnell in die Rüben gebissen hatte. Und es fiel ihr jetzt wie Schuppen von den Augen, als sie realisierte, dass das Pferd bei der Tierkommunikation eine absolut nachvollziehbare Antwort gegeben hatte. Nur hatte sie diese Antwort nicht erwartet und nicht verstanden. Hätte sie der Tierkommunikation vertraut, dann hätte sie schon damals hellhörig werden müssen.

Zum Zeitpunkt der Drucklegung dieses Buches befanden sich die Ermittlungen im komplexen Fall *Last Loser-Rocket* in einem Anfangsstadium. Schon wenige Tage nach seiner Verhaftung war Andi Bucher dank den Aussagen von Séverine Marlin bei der Stadtpolizei Zürich in Baden-Baden aus der Untersuchungshaft entlassen worden. Auch Trainer Boutin wurde wenig später auf freien Fuss gesetzt. France Galop hatte ihm aber die Lizenz suspendiert. Erst nach mehreren Einvernahmen von Séverine Marlin, die in Frankreich in Untersuchungshaft versetzt worden war, wurde die Sperre von Boutin aufgehoben. Die Pferde *Last Loser* und *Rocket* blieben hingegen gesperrt.

France Galop machte die Gutschriften der Renngewinne von *Last Loser* auf dem Besitzerkonto von Andi Bucher rückgängig. Die Tatsache, dass Bucher noch nicht über die Gewinne verfügt hatte, war ein weiteres Indiz, dass die Aussagen von Séverine Marlin glaubhaft waren.

Ermittlungen gegen Séverine Marlin im Zusammenhang mit einer Beteiligung an den Verbrechen gegen Jim, Bob Melon und Sjörs Hamer wurden ausgesetzt, weil Séverine Marlin für die Tatzeiten nachweislich stichhaltige Alibis vorweisen konnte. Die Ermittler tappen im Dunkeln. Wegen des mysteriösen Unfalls von Hamer läuft eine Untersuchung gegen den Musiklehrer Gregor Ustinov. Er hat für die fragliche Nacht kein überzeugendes Alibi.

Die Strafverfahren gegen Séverine Marlin wegen Wettbetrugs kommen harzig voran, weil sich strafrechtlich viele Fragen der Zuständigkeit stellen. Wo waren von Séverine Marlin Delikte begangen worden? In Frankreich, als sie den „richtigen" *Last Loser* nach Irland in der Absicht verlud, ihn dort auszutauschen? In Irland, als die Chips ausgewechselt wurden? In Irland, als der „falsche" *Last Loser* für die Rückkehr nach Frankreich verladen wurde? Oder in Frankreich, als der „falsche" *Last Loser* an den Start der Rennen geführt wurde? Welche Behörden sind für welche Verfahren zuständig? Séverine Marlin heuerte als Verteidiger einen erfahrenen und gewieften Anwalt an. Ihre Eltern leisteten den Kostenvorschuss.

In allen bisherigen Einvernahmen vermied es Séverine Marlin darauf hinzuweisen, dass sie Hamer nach dem kleinen operativen Eingriff in Bantry nochmals gesehen hatte. Sie war sich sicher, dass ihr kurzer Aufenthalt im Ritz nicht in den Akten des Hotels vermerkt worden war. Auch gegenüber ihrem Anwalt und Verteidiger machte Séverine diesbezüglich keine Bemerkungen. Séverine hatte Angst, nach ihrer Entlassung aus der Untersuchungshaft das nächste Opfer der ominösen Schergen zu werden. Sie vermutete die Drahtzieher im Bekanntenkreis des verstorbenen Tierarztes.

Séverines Gedanken waren immerzu bei Andi Bucher. Oft schien ihr, dass die Enttäuschung und die Schmach, welche sie ihm verursacht hatte, ihr mehr zu schaffen machten als die Strafen, die sie zu erwarten und zu verbüssen hatte. Schon nach der zweiten Woche Untersuchungshaft hatte sie für Andi ein Entschuldigungsschreiben verfasst. Erst drei weitere Wochen später übergab sie das Schreiben der Post, nachdem sie immer wieder Ergänzungen und Korrekturen angebracht hatte. Dass Andi ihr vergeben würden, konnte sie nicht erwarten. Aber vielleicht hatte er wenigstens ein wenig die Einsicht, dass sie auch ihm zu einem Erfolgserlebnis hatte verhelfen wollen und sie geglaubt hatte, der Austausch der Pferde bleibe unerkannt.

Andi Bucher reagierte auf das Schreiben von Séverine nicht. Zumindest bis zum Zeitpunkt der Drucklegung dieses Buches nicht. Daher wusste Séverine nicht, dass ihr Schreiben bei Andi sehr wohl eine Wirkung entfaltete.

Der Fall *Last Loser-Rocket* bestimmte in der Welt des Turfs schon unmittelbar nach dem Meeting von Baden-Baden die Schlagzeilen. Der Nichtstart und die Verhaftung des Trainers hatten zuerst zu Dopinggerüchten geführt. In den Tagen darauf begannen Stories die Zeitungen zu füllen, deren Wahrheitsgehalt für jeden sorgfältigen Leser zweifelhaft erscheinen musste. Mitunter kam auch der Name von Andi Bucher ins Spiel. Der Schweizer Rennsport wurde in den Medien aber kaum je erwähnt. Nach Wochen wirrer Berichterstattung stellte erstmals ein Journalist eine Verbindung zwischen dem Fall *Last Loser-Rocket* und dem Tod von Trainer Melon her. Von da an stieg die Gerüchtewelle von neuem an.

Andi ging für mehrere Monate auf Tauchstation. Er war für Journalisten nicht erreichbar. Das Entschuldigungsschreiben von Séverine traf ein, als er versuchte, sich den Zusammenhang zwischen den drei Todesfällen zu erklären und ihm wieder die Angst von Séverine, selber das Opfer eines Verbrechens zu werden, bewusst wurde. Séverine vermerkte in ihrem Brief nebenbei, für Andi aber nicht für Dritte verständlich, dass sie ihren Abstecher ins Ritz gegenüber niemandem erwähnt habe und erwähnen werde. Und Andi erinnerte sich daran, dass Hamer das Hotel nicht mit Séverine allein verlassen hatte. Dabei war auch eine Person gewesen, welche Hamer offensichtlich gut bekannt war und die bei ihm den Eindruck eines Geschäftsmannes hinterlassen hatte. Und dazu passte eine Bemerkung von Séverine: Hamer hatte im Ritz einen Buchmacher getroffen. Andi begann darüber nachzudenken, ob der Schlüssel zur Lösung des Rätsels bei dieser zufälligen Beobachtung zu finden war. Konnte er den Untersuchungsbehörden helfen, den oder die Täter zu finden, ohne dadurch die Absicht von Séverine zu gefährden, ihren Aufenthalt im Ritz zu verheimlichen? Wenn ein Buchmacher von Hamer Kenntnis vom Tausch der zwei Rennpferde von sehr unterschiedlicher Klasse erhalten hatte, dann hat er mit diesem Wissen eine Menge Geld machen können. Immer mehr spürte Andi, dass ihm bei der Aufklärung der Verbrechen eine wichtige Aufgabe zufiel. Er dachte gründlich darüber nach, auf Verbrecherjagd zu gehen.

Dank

Ich danke Hanspeter Meier, emerierter Professor am Tierspital Bern, der mich in seiner Funktion als Mitglied des tierärztlichen, beratenden Komitees der Europäischen und Internationalen Vereinigungen der Vollblutzüchter (EFTBA bzw. ITBF) über die Entwicklung und den wissenschaftlichen Stand der Identifizierung der Pferde dokumentiert hat. Felix Ehrensperger, emerierter Professor für Pathologie am Tierspital der Universität Zürich überprüfte meine veterinärmedizinischen Aussagen. Über das Fachgebiet der häufig infrage gestellten Tierkommunikation durfte ich mich mit der in Frankreich und in der Schweiz lebenden Mona Kesek unterhalten und ihr meine Ausführungen über die Tierkommunikation zur Überarbeitung vorlegen. Eva Hammesfahr und meine Ehefrau wirkten als kritische Erstleserinnen. Auch diesen Personen bin ich für die Unterstützung sehr dankbar.

Zum Autor

John Burger ist ein Pseudonym. Der Autor wuchs in Zürich auf. Nach seinem Studium der Jurisprudenz war er als Kommerzbanker bei einer Schweizer Grossbank und nach der Pensionierung als Rechts- und Finanzberater tätig.

In den Jahren 1964 bis 1974 war er nebenberuflich Berichterstatter der Neuen Zürcher Zeitung über den Pferderennsport in verschiedenen Ländern Europas. Von 1962 bis 1974 ritt er als Amateur in der Schweiz, in Frankreich, England, Deutschland und Italien Rennen. Seit 25 Jahren ist er als Besitzer an Rennpferden beteiligt.